お世継ぎの座
御庭番の二代目17
JN067618
氷月 葵
時代小説
二見時代小説文庫

目次

お世継ぎの座——御庭番の二代目17

江戸城概略図

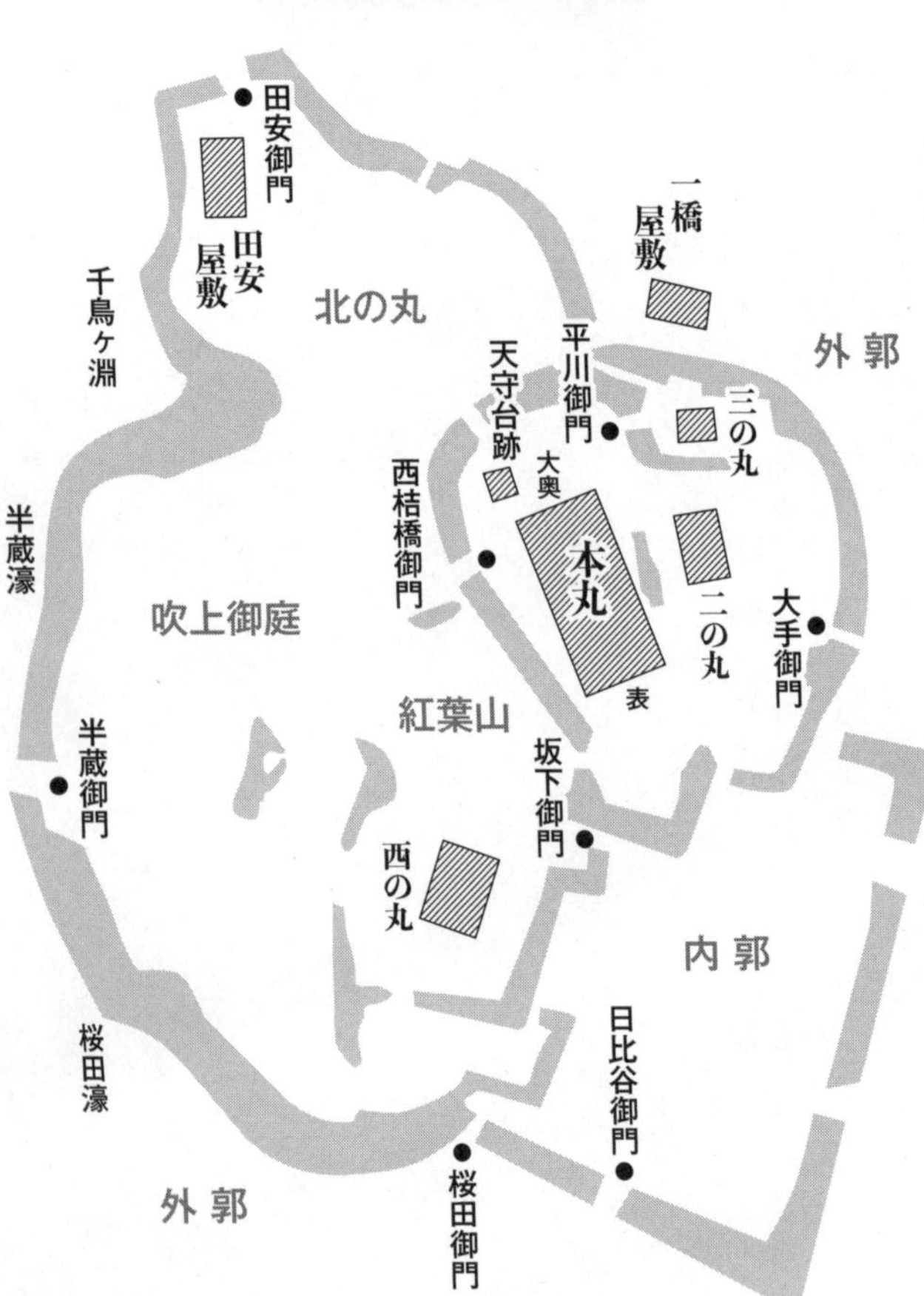
田安御門
田安屋敷
千鳥ヶ淵
北の丸
一橋屋敷
外郭
平川御門
天守台跡
三の丸
大奥
西桔橋御門
半蔵濠
本丸
吹上御庭
二の丸
大手御門
表
紅葉山
半蔵御門
坂下御門
西の丸
内郭
桜田濠
日比谷御門
桜田御門
外郭

第一章　凶宅

一

宮地加門は、西の丸御殿を眺めていた。

西の丸は将軍の世子が暮らす御殿だ。十代将軍徳川家治の跡継ぎであった家基が、最近までここに暮らしていた。それが、この年の二月二十四日、まだ十八歳という若さで突然の死を遂げ、この御殿は主を失ったのだ。

その死からほぼ三月が過ぎ、西の丸御殿は活気が消えたままだ。大勢いた家臣も、本丸に戻された者が少なくない。

加門は御殿を通り過ぎ、城の外へと向かった。

御庭番御用屋敷で裃を外すと、普段の着物に着替えて、加門は町へと出た。

〈調べてほしいことがある〉

そう老中田沼意次に言われたためだ。

〈生薬屋の松乃屋作兵衛という者が、勘定所の役人に、上申書を出しているのだが、そこに平賀源内の名が書かれていると、勘定奉行から伝えられたのだ〉

平賀源内は田沼意次がその才を高く評価し、通詞の役を与えたりして、支援を続けてきた浪人だ。

加門は、意次から見せられ、頭に入れた上申書を反芻していた。

上野広小路に近い一画で、加門は立ち止まった。

松乃屋という大きな看板を掲げた生薬屋が、そこにあった。

ふむ、と加門は広い間口や大きな屋根を見る。

思っていたよりも立派だな、大店ではないか……。そう、胸中で独りごちながら、出入りする客を見た。

生薬屋は薬を小売りする店だ。病や養生、傷などに効く、さまざまな薬が売られている。いくつもの生薬を調合して丸めた丸薬や、粉にした散薬、塗り薬の軟膏など、医者なしで使える薬を売っている。医者に診てもらうと薬礼が高くつくため、人々は薬を買ってすませることのほうが多い。

客はつぎつぎに入って行き、袋を抱えて出て来る。店の中から聞こえてくる手代らの声は、いかにも愛想がいい。繁盛しているようすが、外まで洩れてきていた。

ふ、と加門は苦笑した。

繁盛の上に、薬九層倍とくれば、大店にするにも苦労はいらぬ、ということか……。

薬は元の薬材が安値であるのに、売る段になると、高値がつけられる。ために、利益は九層倍だ、と人々は揶揄を込めて言っているのだ。

加門は店に背を向けると、小伝馬町へと歩き出した。

小伝馬町の辻を曲がり、加門はすでにいくども訪れている屋敷へと向かった。平賀源内の住まいだ。

源内は小さな屋敷を借りている。持ち主は医者の千賀道隆だ。道隆は古くから田沼意次とつきあいがあり、今はその縁で、城にも上がる医官となっている。田沼家との縁から、道隆と源内は親しくなっていた。

源内はいろいろの本を書いたり発明をしたりで名が知られているが、元は薬草を扱う本草学者で、治療も行っている。道隆も源内もその視野の広さや自由な考え方で気が合い、肝胆相照らす仲だった。

「ごめん」

加門は返事を待たずに、屋敷へと入って行く。と、すぐに家来が現れた。

「あ、これは宮地様でしたか」

源内に心酔し、押しかけ家来になった福助だ。

「ささ、奥へどうぞ」

廊下を進むと、奥の部屋で源内が顔を上げた。

「やや、これは宮地様、わざわざのお越しとは、なにか御用で」

「うむ、邪魔をしてすまぬ」

加門は向かいに座ると、源内との間合いを詰めた。

「実は、田沼様から命を受けたのだ。源内殿は、生薬屋の松乃屋作兵衛という者をご存じか。その者、提案する内容に平賀源内様もご推奨、と書いているのだ」

「松乃屋……」とつぶやき、源内は首をかしげる。

「さあて、覚えがありませんが、どういった内容なのですか」

「その者、子供向けの養生所を作ってはどうか、と申し立てているのだ。子供は病にかかりやすいゆえ、すぐに薬を出して養生させるための屋敷を作れば、町人らが助かるはずだ、と」

　はあ、と源内は首を振り、あ、とそれを止めた。

「ああ、思い出しました。ここにやって来て、そのような話をした男がおりました。どう思われるか、と訊かれたので、よいでのはないか、と答えた……ああ、そうそう、しかし、それだけのことです」

「それだけ、とな」

「ええ、ここにはしょっちゅう、いろいろな人がやって来て、いろいろな話をするんですよ、一攫千金（いっかくせんきん）が叶（かな）う、だの、評判をとること間違いなし、だのとまくし立てて……いや、まともな話などめったにありません。それこそ、山師（やまし）どもです。ああ、そうか、わたしが山師扱いされているから、仲間とでも思って来るのかもしれない……ううむ、そう考えると、腹が立ってきますな」

　眉（まゆ）を寄せる源内に、加門は苦笑して頷（うなず）く。

「なるほど、源内殿の名は江戸中、いや、今や日本中にまで広まっているゆえ、人が集まってくるのであろう」

「はあ、名ばかり成りて功はなし、ですが、困ったものです。ときおり、話を聞いただけなのに、いえ、会ったことすらないのに、わたしの名を勝手に使う者も出る始末で……その生薬屋もその類いですな」

「うむ、そういうことだな。よくわかった」

加門は頷きながら、目を動かした。

部屋に入って来たとき、源内は書物を紐で括っていた。括られた書物の山がそここにある。

「失礼します」

そこに福助が茶を持って入って来た。

茶の湯気越しに、加門は源内を見る。

「荷造りをしておられるのか」

「ああ、はい」源内は頷く。

「家移りをすることにしました。神田橋本町に出物の屋敷があるので、買うことにしたんです」

「出物」

「ええ、格安でして」

源内の笑顔に、福助が横に膝をついた。

「出物って……」そう言って、加門を見上げた。

「安いだけじゃない、おかしなものも出るんですよ」

「おかしなもの、とは、どのような」

茶碗を置いた加門に、福助が膝で寄って来る。

「そのお屋敷、凶宅って言われてるんです。縁起が悪いってんで」

「ほう、凶宅とは、なんとも禍々しい呼びようだな」

「そうでございましょう」福助がさらににじり寄って来る。

「なにしろ、死人が出てるんですよ、それもたて続けに。今は空き家なんですが、その前の前は、浪人が住んでいたんです。その浪人、金貸しをしていたそうなんですが、切腹して果てたんですよ」

「切腹……」

加門は源内の顔を見た。源内は平然としている。

「ええ、腹を切ったんですよ」福助が腹を切るように、手刀を動かす。

「なにがあったかはわからないんですが、よほどよくないことになったんでしょう。で、そのあとに入ったのが神山検校ってお人で、またも金貸しをしてたそうです」

検校は盲人に与えられる最高位だ。按摩など手に職を持つ者も多いが、金貸しをする者も少なくない。

「で、その検校、決まり以上の利息を乗っけて儲けていたそうなんですが、それがばれて、江戸払いになったんです。屋敷には倅が残っていたんですが、ある日、井戸に落ちて死んじまったそうなんです、ねえ、なんとも縁起が悪いじゃありませんか。あたしは落ちたんじゃなくて、身投げしたんじゃないかと踏んでるんです」

うぅむ、と加門は腕を組む。

「確かに、悪いことが続いたものだな」

「そうでしょう」福助は手をついて身を乗り出す。

「おまけにそのあと、空き家になったのに、中から物音がする、とか、火の玉が飛んでるのを見た、とか、いろんな噂が流れてるんです。あたしは、そんなお屋敷、やめたほうがいいと申し上げているんですけど、先生は、いっこうに聞いてくださらなくて……宮地様からもお止めになるように、言ってくださいまし」

うぅむ、と唸りながら加門が見ると、源内はにやにやして言った。

「なあに、たまたま不運が続いただけのこと、凶宅など、面白がっての噂ですよ。物音がしたり、火の玉が飛ぶというのなら、わたしが正体を突き止めてやろうじゃありませんか。幽霊が出るというなら、ますます話の種になる。それを種に、また本が書けるというものです」

　顔を上げて、かか、と笑う。

「ふうむ」加門も苦笑した。

「まあ、世の噂というのは、面白おかしく尾鰭(おひれ)をつけるもの。真(ま)に受けるほどのことはありますまい」

「そうでしょうか」

　福助は八の字の眉で、二人を見る。と、その顔を廊下に向けた。

　廊下から足音が聞こえる。二人の足音が近づいて来て、部屋の前で止まった。

　千賀道隆と道有(どうゆう)の親子だった。息子の道有も医者だ。

「やはり宮地殿でしたか」

　そう言いながら父が入り、息子も続く。

「こちらに入って行くお姿がちらと見えたので」

「はい、源内殿に用がありまして、参ったのです」

　加門が頷くと、親子は下ろそうとした腰を宙で止めた。

「あっと、お邪魔ですかな」

「ああ、いえ、もう用はすみました、お気兼ねなく」

加門は大きく頷く。源内は名を使われただけなのが明らかになった……あとの調べは生薬屋の作兵衛だ……。

では、と親子は並んで腰を下ろす。と、「そうだ、宮地殿」道隆が顔を向けた。

「源内殿が家移りをするというのは、聞かれましたかな」

「はい、今し方……福助殿から止めるように言われたのですが、先生方はいかが思われます」

いやあ、と道隆が笑う。

「福助は迷信深くて、かなわん。聞けばその屋敷、ずいぶんと広いそうで、源内殿にはもってこいでしょう」

「まさしく」源内も笑う。

「たくさんの部屋があれば、つぎつぎ新しい物を作っても置く場所に困らない。気兼ねなく物を増やせる、というのはいいことです」

「なるほど」加門も面持ちを弛める。

「それは確かに、心強い」

「さよう」道有も目元を弛めた。

「そもそも、源内殿にかかれば、凶宅など笑い話になるのがおち」

「うむ」源内が胸を張る。

「凶宅を種に、本を書いてみせよう」

「おう、それはよい、屋敷を安く買い、さらに益を出すとは、一挙両得」

ははは、という道隆の笑いに息子も乗る。それに源内も加門もつられ、武士四人の笑い声が立った。

が、福助は肩をすくめ「そうでしょうかねえ」と、首を振った。

「凶宅なんて、いやな気がしますがねえ……あ、茶を淹れてきます」

そう言って、廊下へと出て行った。

二

「草太郎(そうたろう)、いるか」

屋敷に戻った加門は、廊下から声をかけた。

長男の草太郎は御庭番見習いとして、日頃、城に出仕(しゅっし)している。が、もう下城の刻を過ぎていた。

「はい」と、出て来た息子に、加門は、

「話がある」

と、目顔で付いてくるように示す。

は、と草太郎は部屋にいる妻の妙(たえ)に目顔を送り、加門について廊下に出た。

奥の部屋で向き合うと、加門は息子を見据えた。

「わたしは明日から、町に探索に出る。そなたも手伝ってほしい」

「はい、なんなりと。して、なにを調べるのでしょう」

「うむ、町人と役人のあいだに、賄(まいない)がはびこっているのを知っているか。商人などが新たなことをはじめたい、橋などの普請(ふしん)をしてはどうか、などと役人に上申書を出し、その際にそっと金品を添えるのが習いとなっているのだ。そして、その提案が通れば、御公儀から金が払われ、仕事になる」

「はい、聞いています。町人は新たな仕事で儲け、役人も袖の下をもらって懐(ふところ)を潤(うるお)す、という仕組みですね」

「うむ、そうだ。そうした賄が広く行われていると町の者らに広まって、評判が悪いらしい」

それは田沼意次がこぼしたことだった。

〈賄で役人と金を持つ商人ばかりが得をしている、と町人らが不満をもらしているら

しいのだ〉

「それゆえ、町でどのように言われているのか、話を聞き集めてくれ。そして、賄を渡した、受け取った、などの噂があれば、それにも耳を立ててくれ」

「はい」草太郎は頷く。

「なれど、賄とは、どこからが賄になるのでしょう。頼み事をするのに、手ぶらで行く者はおりますまい。それなりの品を持参するのがむしろ礼儀……なれば、礼儀と賄の境はどこにおけばよいのかと、わたしは以前より考えていたのです」

「ふうむ、確かにな。大名とて、頼み事があれば相手に相応の品を贈るのが習い。それは、武士でも町人でも同じであろう……」加門は顎を撫でた。

「そうさな、賄は礼儀を超えた高であるといえよう。それだけ差し出しても、損はしない、という裏があっての高だ」

「はあ、菓子折だけではなく、そこに金子が忍ばせてある、というものですね」

「うむ、そこが分かれ目といえよう。まあ、人目に付かぬやりとりゆえ、傍目にはわからないがな」

「そうですね、その場を覗くのはさすがに無理ですね。なれど、そのあとに知れる、ということですか」

「そうさな、噂になるというのはそういうことだろう。やけに金まわりがよい、などと、目立つことで知れるはずだ。仕事を請け負った町人は、下された御公儀の金子（きんす）から、いくばくかを役人に戻す、ということも行われているらしい。役人は禄（ろく）が明らかであるゆえ、金まわりがよくなれば噂になろう」

「なるほど、町人のほうも、御公儀から引き出した金であるなら、多少、相手に戻しても惜しくはない、ということですね」

「そういうことだな」

眉を寄せる父を、草太郎は小首をかしげて見る。

「なれど、そのような仕組みを抑える手立てはないのでしょうか」

「ううむ……昔、六代将軍家宣公（いえのぶこう）の折に、やはり同じように賄がはびこったと聞いたことがある。今と同じように、町人らからの申し立てを聞き入れ、それを御公儀が取り上げていたそうだ。が、やはり、賄が横行したという」

「そうなのですか」

「ああ、ゆえに時の御政道を担っていた新井白石（あらいはくせき）は、町人の申し立てを聞く、という仕組みそのものを取りやめたそうだ」

へえ、と草太郎は首を振る。

「なるほど……で、今はまたその仕組みを取り入れている、ゆえに同じことが起きた、ということですね」

うむ、と加門は頷く。

その仕組みを大いに取り入れたのは、田沼意次だ。

これまで公儀が行ってきた、米だけに頼る勘定の仕組みを変えるのが目的だった。商いや漁業、水運業など、あらゆる仕事に税をかける、運上、冥加金を制定したのだ。

「運上と冥加金のおかげで、お城の御金蔵も以前とは違って、ゆとりができつつあるらしい。商いを奨励したせいで、商人も活気を得て町もにぎやかになっている」

「はい、町を歩くとつくづく感じます。わたしが幼かった頃に比べれば、年々、店も増え、人も増え、飛び交う声に勢いがあります」

「うむ、そうであろう」

加門は口元を弛める。

吉宗の頃から、財政が逼迫するたびに、御公儀は質素倹約を掲げ、人々に我慢を強いた。米の値を操作して財政の立て直しを図ったものの、一時しのぎにしかならず、解決に至ったことはない。その解決に取り組んだのが、田沼意次の税の改革だった。

「武士は金を卑しいものと見做してきたゆえ、金を集める、という考えそのものを避けてきたのだろう。だが、商人の蔵には、お城の御金蔵以上の財がある。それを世にまわすことを、意次は仕組みとしたのだ」

「なるほど、武家の見落としがちなとこですね」

「うむ、まあ、だが、賄という弊害も現れた。それによって御政道そのものまで、悪しく言われたのでは、この先に障りが出よう。ゆえに、今のうちに、調べておきたいのだ」

「はい、わかりました。では、明日から、わたしも町に出ます。あ……医学所に寄ってもいいでしょうか」

草太郎は加門が学んだ医学所で、同じように学んできた。

「ああ、かまわん、半刻（一時間）くらい……いや、医学所でも町人の話をいろいろと聞くことができよう、行くがよい」

はい、と草太郎は笑みを見せて頷いた。

生薬屋の松乃屋の前を、加門はゆっくりと歩く。

横目で見ると、いつもどおり、客の出入りは多い。

これだけ繁盛していれば、賄も惜しくはないのだろ……。そう思いつつ、大きな屋根を見上げた。

賄を渡した勘定所の役人はわかっている。上申書を記した普請役の者だ。そこから組頭に上げられ、組頭から勘定奉行に上げられたのだ。普請役の役人が賄を受け取ったのは、間違いなかった。が、それを証立てるものはない。

店を通り過ぎ、加門は近くの飯屋に入った。煮物などの菜と飯、酒なども出す煮売り茶屋だ。

小上がりの隅で焼き魚を肴に酒をなめながら、加門はまわりの声に耳を澄ませる。いかにも職人らしい男三人が入って来て、やはり酒を注文した。

話は町の噂をつぎつぎに、とりとめもなく変わっていく。と、加門は耳を立てた。

「おれぁ、松乃屋なんぞで買わねえよ。あんなに店を大きくしやがって、あれ以上、儲けさせるこたあねえや」

「そうさ、あそこの主、深川に妾を囲ってるっていうぜ」

「へえ、そうなのかい。あの親爺、賄で商いを太くしたってえ話だな。賄太りだ」

「なんでえ、賄太りってのは」

「役人に賄を渡して、儲かる商いの許しをもらって、がっぽりと懐に蓄えることさ。

松乃屋は前に旅人用のお助け小屋を作ったろう。あれは役人に賄を渡したから、お取り上げいただいたってぇ話だぜ」

「ああ、その小屋のことは聞いたことがある。行き倒れた旅人をそこで休ませて薬を飲ませ、元気にしてやるってえやつだろう」

「そうよ、元気にして地元に帰せば、御公儀も助かるってんで、小屋を建てたらしい。けど、粗末なもんで、大して使うもんもいなかったらしいぜ。金をもらって小屋を建てて、そこで薬を売った松乃屋だけが儲けたらしい」

ふむ、と加門は腑に落ちた。それで味をしめた、ということか……。

「ったくよ」男の声が、不満げに吐き出される。

「そうやって、金を持ってるやつばかりが、ますます太くなっていくんだから、世の中、腐っていくばかりだぜ」

「おう、賄をまわして儲かるのは役人と金持ちばっかりだもんな。おれらは一生、金がまわらねえときてる。これもお城の老中どもがろくな政をしないせいさ」

「おう、商いを盛んにしろって、賄を流行らせたのは老中の田沼だろう」

「ああ、御公儀はさぞ儲かってるんだろうよ、その分、こちとら憂さがたまるってもんだ」

「ああ、くさくさするぜ」

「そいじゃ、憂さ晴らしにでも行くか」

「おっ、いいな、根津か深川か」

男達は岡場所の話へと移っていく。

加門は箸を置くと、懐の巾着へと手を伸ばした。が、その手を止めた。男達の話がまた変わり、「お城は」という言葉が耳を捉えたからだ。

「お世継ぎがいなくなっちまって、どうすんのかねえ」

「ああ、新しい話は聞かねえな」

「けど、公方様はまだ四十過ぎくらいだろう、御子が生まれるんじゃねえのか」

「ああ、なにしろお城には大奥があるんだからな」

「おれだったら、毎年でも子を作っちまうけどなあ」

笑い声を聞きながら、加門は眉を歪めた。将軍家治は四十三だ。確かに子を成せる歳ではある。だが、と加門は口をへの字に曲げる。家治は正室と仲睦まじい。さらに女人にはさほど関心を示さず、これまでの将軍が幾人も置いていた側室も、持とうとはしなかった。家治に側室を勧め、やっと二人の側室を置くために、意次がずいぶんと苦労したのを思い出していた。

「それよか、聞いたか……」

男達の話は、また移っていく。

加門は懐に手を入れ直し、立ち上がった。

外へ出て、松乃屋を眺める。

相変わらず、客の出入りは多い。

その人の流れを見ていた加門は、おや、と目を留めた。

頭を丸めた僧体の男が入って行く。医者に違いない。最近では、僧体を取らない医者も多いが、昔は僧が医者を兼ねていたことから、医者は僧でなくとも頭を丸め、僧衣をまとう者が多かった。

加門はそっと寄って行く。

医者であれば、薬を買うときには薬種問屋（やくしゅどんや）に行くのが普通だ。

生薬屋のような小売りではなく、薬材その物を売っている問屋だ。

いや、と加門は足を止めた。

医者と名乗っても、実はまともな修業を積んでいない者も多い。そうした者は薬材の調合などできずに、市販の薬に値を載せて売りつけたりもするのだ。

その類いか、と苦笑をかみ殺しながら、加門は踵（きびす）を返した。が、店の中から荒らげた声が聞こえてきて、足を止めた。

「居留守じゃないだろうな」

振り返ると、先ほどの医者が眉を吊り上げて出て来た。

ぶつぶつとなにかをつぶやきながら、怒りを顕わに来た道を戻って行く。

ふうむ、揉めごとか……。加門は、男の背中を見送り、松乃屋の看板を見上げた。

清廉な商人ではなさそうだな……。加門は改めて歩き出した。

三

朝から町を歩き、噂話を聞き集めた加門は、神田の辻を曲がった。

橋本町へと続く道だ。小さな裏店が並び、長屋のひしめく道もあって迷いそうになる。が、聞いていたとおりに進むと、一軒の屋敷に行き当たった。

門の向こうに、竹箒を手にした福助の姿が見える。

「ごめん」

入って行くと、福助が手を止めた。

「あ、これは宮地様、よくおわかりで」

「うむ、ちと、迷いそうになった」

初めて歩いた道で、見たことのない込み入った路地もあった。

「ささ、どうぞ、こちらで」

案内する福助に付いて歩きながら、加門は辺りを見まわした。屋敷は大きく庭も広い。と、目が留まった。

あれが、井戸か……。

片隅に井戸があり、蓋(ふた)がされている。

さすがに使っていないようだな……。加門は歩きながら見る。井戸は石積みに草が生えている。庭も長らく放置されていたことがわかる荒れようだ。

「さ、どうぞ」

開けられた戸を入ると、土間は広かった。

「先生は奥におられます、お客人もお越しですが」

廊下を導かれながら、これは……と、加門は見まわした。暗い……。庭からの光は充分なのに、なんともいえない暗さがあった。

「どうだ」と先を行く福助に声をかける。

「凶宅の噂がいろいろあったようだが」

「はあ」と福助は苦笑する。

「火の玉はさすがに出て来ません。けど、おかしな音が鳴るんでございますよ、こう、夜になるとあちこちから、ビシッとかバシッとか……先生は家鳴りだ、とおっしゃってますが」

「家鳴り、か」

「はい、まあ、そう言われてしまうと、どうにも。まあ、広くなったのはいいことで、お弟子さん方も大勢お泊まりになれますので、先生はお喜びです。なかには凶宅を面白がって見に来るお客もいますが」

首をすくめて福助は前方を指し、

「あの部屋です。あたしはお茶を淹れてきますんで」

そう言って、踵を返した。

その奥の部屋から、声が聞こえてきた。

お、と加門は足を速める。

やはり……。杉田玄白だ。

部屋では源内と向かい合う背中があった。

「お邪魔しますぞ」

入って行くと、

「や、これは宮地様」

源内が声を上げ、玄白も振り向く。

「おお、これは、お越しでしたか」

「ええ」と加門は入って行く。

「近くに来たものですから」

玄白の横に座ると、加門は改めて室内を見た。

「確かに広いですな」

「ええ」源内が頷く。

「つまらない噂でこんな屋敷が安くなるんですから、見逃す手はありません」

「ふむ」玄白が眉を寄せる。

「確かに、噂は愚かしいこと。しかし、わたしはどうも感心しない」

ほう、と加門は玄白を見た。

「やはりこの屋敷はよくないと思われますか」

「いや、屋敷ではなく……そもそも凶宅などという噂は、馬鹿馬鹿しいと思っているのでわたしも気にはしません。だが、辺りのようすが感心しませんな。人は気の荒い者が多いし、ごみごみとしていて、汚い裏道もある。このようなところで暮らすのは、養生のためによいと思えません」

「なるほど」

加門は改めて玄白の横顔を見る。妻も得ず医術の道ひと筋に精進し、腑分けをして人の身体を確かめた医者だ。医者や蘭学者の仲間と阿蘭陀語の医学書を訳し、『解体新書』という本を出版した当世の文化人でもある。その仕事を終えてから、四十一の歳に初めて妻をもらったという謹厳さに、皆は驚いた。

述べた意見は、いかにも学者らしい冷静なものだった。

玄白は憮然として天井を見上げる。源内とは長いつきあいであるため、その質もよくわかっており、遠慮もない。

「このような屋敷を買うなど、源内殿はいささか自棄になっているのではないかと、わたしは心配でならぬ」

「いやぁ」源内は歪んだ笑顔を見せた。

「そう言われると、否とは言いきれませんな。だが、自棄にもなろうというもの、苦労して作ったエレキテルは、あっという間に動きもしないまがい物が作られる、いや、わたしがなにかを作ると、すぐにまがい物が出まわって、儲けの種にされる。なのに、町では山師山師と、まるでわたし自身がまがいもののような呼ばわり方だ。そう言う者に限って、わたしのやることなど、わかりもしないというのに」

ううむ、と加門は言葉を探し、ゆっくりと口を開いた。

「町の者らが山師というのは、妬(ねた)みでしょう。人は名をなした者や財をなした者を妬むもの。お城の老中なども町では悪口の種……皆はそれで憂さ晴らしをしているようなものですからな」

「うむ」玄白も頷く。

「町の者らは、なにかと上から抑えつけられ、不満をためているのだ。わたしは町医者もやっているが、来るのは瘡毒(そうどく)(梅毒(ばいどく))病みばかりだ。平気で身を持ち崩すというのは、己も知らぬうちに自棄になっておるゆえであろう。だが、源内殿が同じになってもらっては困る」

「まさに」加門が受ける。

「我ら武家にとって、源内殿のありようはうらやましい限り……仕官をせずに自由に生きる一生など、武士には到底、叶えられぬことですからな。源内殿は人の言葉など気にかけず、ご自身の道を進んでいただきたいものだ」

「うむ、よいことをおっしゃる」玄白が頷く。

「まあ、武士のなかにも妬む者はおろうが、人を妬む者など、所詮(しょせん)は小さき者。戯言(たわごと)と聞き流せばよい」

二人は頷き合って源内を見る。

「まあ、それはごもっとも……」

源内は苦笑した。

七月。

御庭番御用屋敷の奥の部屋で、親子は向かい合った。

草太郎は、町で見聞きしたことを父に伝える。

「役人に賄を贈って儲けた、というような話はあちらこちらで聞きました。船着き場を新たに普請した、とか新しい店を開いた、とか、内容はいろいろでしたが」

草太郎は懐から取り出した紙を広げる。

「聞いた名はここに記しておきました。といっても、調べて本当にいた人と店だけです。名を聞いても、確かめられない者もありましたので。いえ、むしろ、噂が多過ぎて、真(まこと)かどうか、確かめられなかったほうが多いです」

「ふむ、そうか、わたしも同じであった。材木問屋が賄のおかげで普請をお取り上げいただいて儲けた、などの話はいくどか聞いた。船着き場を新しくするお許しをもらって大工が儲けた、というものはわたしが聞いたなかにもあった。が、さまざまな噂が飛び交い、どこまで信じられるものか判じかねる」

「はい、なかにはいかにも尾鰭が付いてそうなものや、疑わしいものもありました。噂を聞いて調べたところ、噂を流したほうは商売敵で、相手を貶めるためにありもしない賄話を流した、というのもありました。そのような目的で、悪い噂を流すようなこともあるのではないかと」

商いを推奨する政策によって、江戸にはつぎつぎに新しい店ができていた。競い合い、潰れる店もまた多かった。

「うむ、それはいかにもありそうだ。商人も必死だからな。まあ、これで噂の多さはわかったゆえ、ここまででひとまずやめにしよう。そなたは明日から、またお城に出仕せよ。わたしも登城して、折を見て町に出る」

はい、と草太郎は頷く。と、声を低く落とした。

「あと一つ、町で耳についたものが……将軍のお世継ぎはどうなるのか、という話でした。誰も真剣に話していたわけではありませんが」

「ふむ、わたしも聞いた」加門は溜息を落とした。

「町の者らにとっては、いい暇つぶしの話なのだろう」

加門は城のある方向へ目を向けた。

四

江戸城中奥。

御庭番の詰所で、加門は筆を執っていた。賄の探索でわかったことは、すでに田沼意次に提出していた。平賀源内の名を勝手に使ったこともあり、松乃屋の嘆願は却下されていた。その顚末を、加門は備忘録として書き残すことにしたのだ。

下城の時が過ぎ、御庭番の仲間達は詰所を出て行った。

加門は筆を置いて、振り返る。部屋の隅で、草太郎と吉川孝次郎が、話をしているのに気がついていた。そして、時折、こちらを窺うようすも、背中で感じていた。

膝をまわして、そちらを向くと、すぐに「義父上」と、孝次郎が寄って来た。宮地家の次女千江が孝次郎に嫁いだことから、義理の親子になっている。

「父上」と、草太郎も膝行してくる。

「うむ、なんだ」

二人を見る加門に、草太郎が口を開いた。

「お世継ぎ様のことなのですが、お城のあちらこちらで人が小声で話しているのが、耳に入るのです。一橋家の治済様のお名がよく上がるのですが、田安家から白河藩に入った定信様の名を聞くこともあるのです。養子で他家に出たお人が戻るようなことが、ありえるのでしょうか」

「ええ、わたしも気になって」孝次郎も間合いを詰めてくる。

「定信様は御三卿のなかで最も有望であったのだから、という人もあるのです。しかし、すでに田安家の徳川氏ではなく、松平氏の名になっておられるではないですか」

田安家は徳川宗武が一代目の当主だ。その父であった八代将軍吉宗が、御三家に倣って置いた御三卿の筆頭だった。

御三家は、将軍に世継ぎがなければ、縁三家から跡継ぎを出せるようにと、家康が置いたものだった。それを吉宗は真似をして、自分の血筋が将軍職を受け継ぐようにと、新たに御三卿を立てたのだ。

九代将軍を継いだ家重には二人の弟があった。次男の徳川宗武が、北の丸に屋敷を賜り、そこが田安御門の内であったために、田安家と呼ばれるようになった。三男の徳川宗尹は一橋御門の内に屋敷を賜ったため、一橋家と呼ばれている。さらに家重の弟の徳川重好は、清水御門の内の屋敷であったため、清水家という通称になった。清水家が置かれたのは一番最後だったこともあり、御三卿では田安家が筆頭として扱われてきたのだ。

初代当主の宗武は、兄を廃嫡して自らが将軍を継ぐ、と公言し、動いた人物だった。それを推す家臣らもいて、一時はその機運が生まれそうにもなった。が、吉宗は家康が決めた長子相続を守り、家重を跡継ぎに据えたのだ。が、それが決まってもなお、宗武は主張を変えず、吉宗、家重の怒りを買った。兄に追随していた宗尹も、同様だった。

宗武は子が多かったが、成人した息子は三人だった。跡継ぎの治察は田安家を継ぎ、次の定国は伊予松山藩の松平家に養子に出された。さらに末の定信は、陸奥白河藩の松平家の養子に決まった。が、まだ屋敷にいるうちに、当主となった治察が病死するという事態が起きた。

「そもそも」草太郎が小声で言う。「田安家のご当主が亡くなったとき、定信様は養子取り消しを願い出たのですよね」

「うむ」加門は頷く。

「田安家断絶の危機であったからな」

「しかし、それは許されなかったのですよね」

孝次郎の問いに、加門はまた頷いた。

「そうだ。老中方が話し合われ、上様にもお伺いを立てたらしい。が、養子の決定が取り消されることはなかった」

「なにゆえに……まだ田安家でお暮らしだったのであれば、取り消してもいいように思いますが」

首をかしげる孝次郎に、草太郎も首肯する。

加門は膝を詰めて、声を低くした。

「そなた達だから言うのだぞ、口外はならぬ。上様は威張る者を好まれないそうだ」

それは意次や小姓から聞いていた。

「権勢を誇る者、下の者を軽んじる者、才をひけらかす多弁の者を御不快に思われるという話だ」

「へえ、情け深いお人柄だとは、聞いたことがありますが」

目を丸くする息子に、加門は頷く。

「うむ、それも真のこと。最近も、上様は家基様のことがあってから、よくお休みになれぬらしい。だが、朝早くにお目覚めになっても、じっと布団の中で時の経つのをお待ちになるそうだ。動けば、宿直（とのい）の者を起こしてしまうゆえ」

「え、そうなのですか」

「ああ、が、小姓がそれに気づいて、どうぞ、お起きくださいと申し上げたということだ。だが、変わらず、起き出されずに時をお待ちになっている、と聞いた」

「へえ」と二人が顔を見合わせる。

「そのようなお方であるから……」加門は息を吐く。

「威張る者がお嫌いなのであろう。誠実な腰の低い人をこそ、信頼なさるのだ」

「ああ、だから」草太郎は音を立てずに手を打つ。

「田沼意次様がご信頼を得てらっしゃるわけですね」

「そうか」孝次郎も頷く。

「老中首座の松平武元（たけちか）様も、気さくなお方と聞いたことがある。だから、ずっと重用されているのですね」

松平武元は、家治が「じい」と呼んで、御政道を委（ゆだ）ねている重臣だ。

「そうだ」加門は若い二人を見る。

「それに引き換え、田安家の宗武様は誇り高く、家重様に対してすら、けっして頭を下げないお方であった。宗武様は上様の叔父上なのだが、上様が慕うようなごようすはまったくなかった」

へえ、と若い二人はつぶやく。

加門は田安家の人々の険しい面持ちを思い出していた。

「それに、宗武様はご子息方を大層厳しく育てられたという。そのせいもあってか、ご兄弟は競うお気持ちが強く、仲が悪いと評判だ。特に末の定信様は負けん気が強いのだ。ご幼少の頃から英明と評判をとり、自らもそれを誇るお方だった。父上の意志をもっとも強く継いだお人といえよう」

「なるほど……それは、上様のお心に添うお人柄とは思えませんね」

草太郎が言うと、孝次郎も続けた。

「ゆえに、養子取り消しもお許しにならなかった……」

いや、と加門は眉を寄せる。

「これはあくまでも推測、そうかもしれぬ、ということだ」

「あ、では」草太郎が身を乗り出す。

「お世継ぎとして元の田安家に戻る、ということはありえないのでしょうか。養子に出たお人が戻って跡を継ぐなど、できるのでしょうか」

「できぬことではない」加門は腕を組んだ。「最近もそのようなことがあったばかりだ。といっても、四年前になる。紀伊藩の徳川家から伊予西条藩の松平家に養子に入ったお人がいた。松平頼淳と名を変えられて、藩主を継いだのだ。が、紀伊藩の徳川重倫様が跡継ぎのないまま隠居されることになった。ために、頼淳様は甥御に伊予西条藩主の座を譲って紀伊藩に戻り、徳川治貞と名を変えられ、藩主を継がれたのだ」

「へえ、そのようなことが」

目を見開く草太郎に、孝次郎も続く。

「養子に行って藩主を継いでも、戻ることができるのですね」

「うむ。お家断絶の危機ともなれば、多少の無理は通るものだ」

「お家断絶……」

草太郎のつぶやきに、三人が目を交わす。

まさに今、この徳川本家のことだ、とそれぞれの目が頷いた。

若い二人がさらに目を合わせた。それぞれの喉からは、唾を呑み込む音が鳴った。

なれば、家基様落命のことは……と、若者の目が語りそうになっている。

加門はそれを遮るように、腰を上げた。

「さあ、下城するぞ」

すでに城の中は静かになっていた。


七月二十六日。

御庭番の詰所に、足音が駆け込んで来た。

飛び込んで来た川村(かわむら)が、息を整えて口を開いた。

「松平武元様が亡くなられそうだ」

「首座様が」

「いつだ」

「昨日、という話だ」

なんと、と皆が顔を見合わせる。

「おいくつであられたのだ」

「たしか、六十七歳だったと……」

「ふうむ、御寿命か」

「上様は気落ちされるであろうな、ご子息に続いて……」

皆、それぞれに、天井を見上げたり、うつむいたりする。

「だが……」西村がつぶやく。

「となると、次の首座はどなたになるのだろう」

「田沼様、ということもありえるな」

皆の顔が戻った。御庭番も田沼家も、吉宗に連れられて紀伊から江戸に来た家臣だ。そのつながりは、いまだに大事にされている。

ううむ、と加門は腕を組んだ。

「どうであろう」

意次の顔が、胸の内に浮かんでいた。


八月。

田沼意次の屋敷で、加門は主と向かい合っていた。

「源内殿も先日、やって来たぞ」意次は茶を啜りながら言う。

「新しい屋敷は広いので客人が増えたと言っていた」

「うむ、わたしも行ったが確かに広い、が、どこか暗い……杉田玄白殿は気にくわぬようすであったな。養生に悪い、と」

「そうなのか、そういえば源内殿も、以前のような覇気が感じられなかったな」

「ほう、それは気になる。そのうちにまた、訪ねてみよう」

「うむ、わたしは気軽に行けぬゆえ、見て来てくれ」

さ、と菓子を勧める意次を、加門は目で窺った。

「次の老中首座は決まったのか」

城では田沼意次の名がささやかれていた。気になって町を歩くと、やはり田沼意次の名が聞こえてきた。

〈田沼意次が首座を狙ってるらしいぞ〉

という声さえあった。

「うむ、決まった、松平輝高様で意見がまとまった。上様のお許しも得ている」

意次の言葉に、加門はほっと息を吐いた。

「そうか、いや、そなたが着くのではないか、という声が多かったゆえ、気になっていたのだ」

「まさか」と、意次は面持ちを崩す。

「わたしは老中で十分だ。いや、老中さえ、わたしには過ぎた身分だと思うている。ただでさえ成り上がり者が、と陰口を言われているのに、これ以上の身分を得れば、なにを言われるかわからんしな」

　はは、と笑う意次に、加門も笑顔を返した。

　松平輝高は高崎藩（たかさきはん）の二代目藩主で、まだ五十代半ばだ。家治が政をまかせた松平武元ほどの力はない。

　加門は菓子を口に運びながら、意次の笑顔を見る。

　意次はずっと以前から、そして老中となってからも、松平武元とはうまくやってきていた。が、歳も身分も上で将軍の信も篤（あつ）い武元には、遠慮をしていたのがよくわかった。

　これで意次は、遠慮することなく、才を発揮することができるな……。そう思うと、菓子の甘みが心地よく口中に広がった。

　松平輝高の老中首座、および勝手掛（かってがかり）着任は、ほどなく正式に布告された。

五

　十月。

　加門は神田橋本町の辻を曲がった。

　道の先にあるのは源内の屋敷だ。

道に落ちたごみをよけながら歩く加門は、その足を止めた。

前から千賀道有がやって来る。

「や、これは宮地様」道有も気づいて、早足になった。

「源内殿をお訪ねですか」

「うむ、道有殿も行かれたのか」

「はい、なれど、源内殿は部屋にこもって筆を執っている、と福助が言うので、戻ってきました」

「ほう、そうでしたか。書斎には誰も入れないそうですな」

「ええ、それは昔から。父でさえ、机の上を見たことはないそうです。最近は特に勘気が強い、と福助はこぼしていました。うっかり声をかけたら、紙屑を投げつけられたそうで、いや、なんとも……」

「ふうむ、それは福助殿も難儀な……」加門は踵を返した。

「では、わたしも出直すこととといたそう」

道有と並んで歩き出す。

父の道隆は城の医官をしているが、道有は町医者として働いている。評判が高く、最近では旗本の屋敷や大店しか往診しない、と加門は噂に聞いていた。

「道有殿はお忙しそうですな」

「いえ、こうして出歩く暇はあるのです。わたしはあちこちに目が向く質ですし、それゆえに源内殿と話をするのが、楽しみでして……」

言葉を交わしながら、二人は表の通りに出た。

「では、わたしは戻りますので」

道有の会釈に、加門も返す。

「うむ、では、また」

背を向け合い、二人は歩き出した。

加門は松乃屋へと向かった。

もう調べることはない。賄そのものは罪に問えず、嘆願も取り下げとなった。が、作兵衛の顔を見ておきたかった。

店に入ると、加門は薬の並べられた棚を見た。長命丸だの養気散だのと名の付いた薬が売られている。それを眺めつつ、帳場を見た。座っているのは番頭らしい。が、手代が奥に行くと、長い廊下を男がやって来た。

店に入って来た恰幅のよい客に、「これはどうも」と挨拶をする。

この男が作兵衛だな……。加門はその姿を横目で見た。揉み手に腰を曲げた姿は、いかにも商家の主だ。笑顔だが、目は笑っていない。

なるほど、と加門は背を向けた。思ったとおりの男であったことで気はすんだ。

店を出た加門は、おや、と足を止めた。入れ替わりに入って行ったのは、以前、見かけた僧体の医者だ。

中から声が聞こえてくる。

なにやら言い合う声に続いて、

「待て、作兵衛」

と、声が高まった。作兵衛が奥へと去って行ったらしい。

「どうぞ、お引き取りを」

その声とともに、医者が外へと押し出された。手代に背中を押され、医者が表に突き飛ばされるように出て来る。

「このっ……」

医者は拳(こぶし)を握って振り返る。が、そこに番頭が現れ、僧衣の袖に小さな包みを差し入れた。

「これで終(しま)いですよ」

そう言うと、番頭は店に戻って行った。

医者はふんと鼻を鳴らし、歩き出す。

それを見送った加門は、おや、と店に目を向けた。脇の路地から、一人の男が出て来たためだ。肩を揺らした歩き方は、いかにも遊び人だ。

男は医者のあとを間合いをとって付けて行く。

加門はそっと遊び人のあとに付いた。

医者は神田の町に入り、裏店に入って行く。

遊び人もそのあとを追う。医者は付けられていることに、気づいていない。

加門は徐々に間合いを詰めた。

辻で、医者が横丁に入ったのを確かめる。遊び人もそれに続いた。

加門は駆け足になった。

横丁の一軒で、声が上がった。

その家に、加門は飛び込む。

座敷に転がる二人がいた。

医者が下になり、遊び人が馬乗りになっている。

男の手には、匕首(あいくち)が握られていた。

下ろそうとするその手を、医者が必死で抑えている。ともに、目を剝き、歯を食いしばっている。

加門は刀を抜いた。

柄をまわして峰を下にする。

「よせっ」

怒声とともに、男の手首を打つ。

匕首を持つ手が弛む。

さらに肩を打つ。男の手から匕首が落ちた。

振り向いた男に、加門は切っ先を向けた。

「やめろ」

男はくっと、息を洩らし、落ちた匕首を拾った。

加門に向き直ると、両手で匕首を握った。

座敷の上に立ち、加門を見下ろすと、じりりと足を動かした。

上に立つほうが有利だ……男はそう言いたげに鼻を膨らませる。

男の目が、座敷に転がったままの医者をちらりと見た。

医者を殺そうか、逃げようか、とその目が迷いで揺れているのがわかる。

加門はその隙を突いて、刀をまわした。

峰を男の脇腹に打ち込む。

うっと、身を折りながらも、男は匕首を振り上げた。

「このぉっ」

と、横に飛ぶと、加門の頭上から腕を振り下ろした。

加門も横に飛び、それを躱(かわ)す。

そして、男の右肩を打った。鈍い音が鳴った。

匕首が落ちる。それとともに、腕もだらりと落ちた。

ああ、と男は右肩を押さえる。

揺れる腕を押さえて、男の顔が引きつっていく。

「すまんな、肩を外したぞ」

加門は刀を納めると、座敷に上がった。

その足で、睨(にら)みつける遊び人の足を払う。

尻餅(しりもち)をついた遊び人を踏みつけ、加門は衣紋掛(えもんか)けの紐を手に取った。

医者に「借りるぞ」と言って、遊び人の足を縛り上げる。

両足を縛られた男は右手が使えず、上体を起こそうと身もだえる。

加門はそれを横目で見ながら、「さて」と医者と向かい合った。

身を起こしていた医者は、加門を見開いた目で見た。

加門は穏やかに口を開いた。

「わたしは御用で松乃屋作兵衛の賄を調べていたのだ。そなた、松乃屋とはどのような関わりだ」

医者の顔が歪む。

「わ、わたしは、作兵衛とはつきあいが長く……新しい仕事を助けてほしい、と言われたのだ」

「新しい仕事とは、子供向けの養生所のことか」

うっ、と医者は息を呑んだ。驚きを浮かべる顔に、加門は目顔で頷く。

「調べはとうについているのだ。賄を渡した役人の名もわかっている。その嘆願は通らなかったぞ」

くっと、医者は顔を歪めた。

「必ず通る、と作兵衛は言ったのだ。通れば大きな金が下り、儲かる、と。だから、お役人への袖の下を、半分出したのだ」

「ふうむ、そういうことか」加門は眉を寄せた。

「しかし、一向に動かない。出した金も戻って来ない。だめであったのなら、金を戻せ、ということで店に行っていたのだな」

　医者は頷く。

「あやつはどうなったか説明もせずに、小銭だけを戻してくるのだ。それゆえ、全部、戻せと言っただけのこと。筋はこちらが通っている」

「うむ、それは相違ない。おまけに、面倒になったために、このような男を差し向けるとは、作兵衛というのは大した悪人だ」

　加門は縛った男を見やって、医者に顔を戻す。

「賄のことを訴え出るのは無理であろう。そもそも、町奉行所は金公事を扱わない。金の内済は名主に持ち込むのが筋だが、ことが賄となれば、まともに相手にしてもらえまい。だが、命を狙われたことは、訴え出ることができる」

　加門は落ちていた匕首を拾い上げた。

「どうする。この男、番屋に突き出して、作兵衛の悪事を訴えるか」

　医者は唇を嚙んで、じっと男を見る。

　加門はその医者の顔をじっと見た。

訴え出れば、そこに至った経緯を明らかにせねばならない。それは、すぐに町中に知れ渡る。賄に対して、人々の不満が高まっているなかで、その噂はこの先もずっと悪い評判としてつきまとうだろう。医者としての仕事もなくなるはずだ。

医者は「いや」とつぶやいた。

ふむ、と加門は腕を組んで、縛り上げた男を見た。男は口惜しそうに歯がみをしている。

加門は匕首を医者に渡した。

「なれば、この男、殺すか」

えっ、と双方から息が漏れた。

さあ、と加門は医者に匕首を持たせる。

「生かしておけばまた命を狙われるかもしれぬ。ここでこの者の命を取っても、襲われたゆえに抗(あらが)ったまで、と申し開きができよう」

医者は匕首を握り、男を見た。

「待てっ」

男が上体を起こす。

「待ってくれ、おれはもうやらない、い、命は取らないでくれっ」

打って変わった顔になり、男が眉を八の字にする。

「真(まこと)か」

加門の問いに、男は大きく頷く。

「大した金をもらったわけじゃねえ、それで殺されたり、突き出されたりしたら、割に合わねえ、こんなこたぁ、やめだ」

ふむ、と加門は医者を見た。

「いかがする」

医者は匕首を放り投げた。

「わたしは曲がりなりにも医者だ、命を奪うようなことはしない。この男の言うこと、信じる」

「そうか」

と、加門は男の足の紐を解くと、肩を指さした。

「その肩を作兵衛に見せるがよい。こたびは情けをかけたが、次はない、と伝えるのだ。またやれば、今度は作兵衛にお縄をかける、とな」

「あ、ああ、わかった」

男は腕を押さえて立ち上がる。

土間に下りる男に、加門は振り返った。

「次はないぞ」

ああ、と男は外へと飛び出して行く。

「さて」と加門は医者を見た。

「まあ、金はあきらめることだ。金は働けばまた得られるが、命は一度失えば終わりだからな」

医者はこっくりと頷く。

「もう、作兵衛の話には乗らん」

「うむ、よいことだ」

加門は立ち上がると、土間へと下りた。

「ではな」

振り返らずに、外へと出る。

明るい表に目を眇めて、加門は歩き出した。

商いが盛んになれば、このようなことも盛んになるのだろう……。そう腹の底でつぶやく。表に活気が出れば、裏もまた勢いづく。世の倣い、ということか……。

加門は神田の人混みのなかに入って行った。

人混みのなかで、あ、と加門は足を止めた。

ここから橋本町は近い。

もう一度、源内殿の屋敷に寄ってみよう……。そう思い立って、向きを変えた。

一刻半（いっときはん）（三時間）前に通った道を、また歩く。

今度は屋敷の門をくぐって、中へと入った。奥から、人の話し声が聞こえてくる。

「ごめん」

入り口で声を投げると、すぐに福助が現れた。

「これは宮地様」

「源内殿は書斎から出られたようだな」

はい、と福助は肩をすくめる。

「出られて、そのまま外へと出て行ってしまわれました。くさくさする、とおっしゃって」

え、と加門は首を伸ばして、人声のする奥を見る。

ああ、と福助は振り返った。

「そのあとにお弟子さん方が見えて、今はエレキテルをいじりながら、先生のお戻りを待ってらっしゃるのです」

「む、そうであったか」加門は福助に苦笑を向けた。

「なれば、またそのうち、参るとしよう」

そう言って、背を向ける。

「お伝えしておきます」

福助の声を聞きながら、加門は屋敷を出た。

くさくさする、か……大丈夫だろうか……。加門は小さく振り返りながら、ごみごみした道を抜けた。

第二章　命乞い

一

十一月下旬。

朝、登城した加門に、すぐに老中からの使いがやって来た。

「田沼様がお召しです」

はっ、と加門は部屋へと早足になった。朝から使いとは、なにごとか……。

半分開けられていた襖(ふすま)から、意次が手招きをする。

襖を閉めて中に入ると、意次はすぐさま口を開いた。

「大変なことになった、源内殿が捕まった」

「捕まった……」

座りながら問い直す加門に、意次は間合いを詰めてくる。

「昨日、道隆殿が知らせに来たのだ。人を斬り殺した、というのだ」

「斬り殺す、まさか、あの源内殿が……」

「うむ、わたしもにわかには信じられず、聞き直したのだ。道隆殿も仔細はわからぬということであったが、屋敷で二人に斬りつけ、そのうちの一人が後日、死んだというのだ。で、牢屋敷の揚がり屋に入れられたと」

「なんと……」

加門は口を開け、戻すことができないでいた。

意次はさらに間合いを詰めた。

「そなた、屋敷を知っているであろう、行って調べてくれまいか」

お、おう、と加門は頷く。

「行ってみよう。家来の福助殿なら、なにが起きたか知っているであろう、訊いてこよう」

加門は意次と頷き合うと、立ち上がった。

「頼んだぞ」

意次の声に背中で応え、廊下に飛び出した。

「福助殿、おるか」

屋敷の入り口を開け、加門は上がり込む。

すぐ横の部屋から、風呂敷包み（ふろしきづつみ）を抱えた福助が現れた。

「ああ、宮地様」

「聞いたぞ、源内殿はどうなった」

「小伝馬町の牢屋敷です、今から届け物を持って行こうと……」

「そうか、すまぬが、その前に話を聞かせてくれ」

福助を部屋に戻すと、加門は肩を押さえて座らせた。

「そなたは見ていたのか」

「いいえ」福助は包みを置いて、背中を丸める。

「あたしは寝ていましたんで……」

「では、夜半のことか」

「はい、お客さんとお弟子さんがいらしてて、あたしはお酒なんぞを出したあと、下がりました」

「誰が来ていた……いや、いったい誰を斬ったというのだ、斬ったのは真に源内殿で間違いないのか」

「はい。あたしは騒ぎで起きて、駆けつけたんです。ところ、丈右衛門さんが手から血を流していて……庭に、先生が立ってらしたんです。刀を手にして……」

「刀を……」

「はい、で、先生の足下に久五郎さんが倒れていて、頭から血を流していました」

「頭、となでは、死んだのはその人か」

「はい、あたしは慌てて人を呼んで、医者も呼んで……久五郎さんは家に運ばれて行きました」

「その久五郎というのは、どういう人だ」

「ええ、と、久五郎さんは秋田屋という米屋の息子で、先生のとこには前から通って来てたお弟子さんです」

「弟子……もう一人は……」

「はあ、丈右衛門さんもお弟子さんで、松本様の中間だと聞いてます」

「松本様、とはどこの」

「勘定奉行の松本秀持様です」

「なんだと……」

　松本秀持は意次が才を買い、今年、勘定奉行に引き上げた役人だ。元は天守番(てんしゅばん)という低い身分であったが、才を認められて勘定所に入り、そこから組頭、奉行に出世した男だった。

「はい、確か、そう聞いてます」

　肩をすくめる福助に、加門は問う。

「その丈右衛門殿は、死んでいないのだな」

「多分。歩いて帰りましたから、大丈夫かと」

　ううむ、と加門は眉を寄せる。

「いったい、なにがあったというのだ」

　はあ、と福助は顔を傾けた。

「あたしも先生に尋ねたのですが、二人がなにかを盗(と)ったとか、隠したとか……なんだか、はっきりしませんでした」

「酒を出したと言ったな」

「はい、お客さんらはお酒を召し上がっていて、そのお弟子さん二人も……」

　そうか、と加門は唇を噛む。源内は下戸(げこ)だ。おそらく、飲んだとしても酔って我を失ったわけではあるまい……。いや、だが、と思い直す。酔っていなくとも、最近はなにやら気鬱のようだった……。

「で、役人がここに来たのか」

「はい、二十一日に久五郎さんが死んだ、ということで、あちらの家で訴え出たのでしょう。実は先生は、その前に切腹する、と短刀を持ち出したのです」

「切腹だと」

「はい、そのときにはほかのお弟子さん方も来ていたので、止めました」

ふうむ、と加門は腕を組んだ。ますます、正気が疑わしいな……。気鬱というよりは、自棄のような、乱心のような……。

「して、捕り方が来て、お縄にしたということか」

「はい、先生は臆することなく刃傷を認めて、役人に従って行きました。あたしは付いて行きまして、牢屋敷に入るところまで、見ました」

ううむ、と加門は顔を歪める。

「で、今は揚がり屋にいるのだな」

牢屋敷の牢は身分によって分けられている。町人が入れられる大牢、無宿人が入る無宿牢、百姓のための百姓牢、女人が入る女牢、そして、武士や僧が入れられるのは一人用の揚がり屋で、身分が高ければ畳の敷かれた揚がり座敷に入ることとなる。

「はい」福助は頷く。

「千賀先生も駆けつけてくだすって、確かめたそうです。したら、揚がり屋に入ってると……」

「そうか、それはまだしもだ」

浪人は無宿牢に入れられることが多い。が、平賀源内の名は広く知られているし、田沼意次から通詞（通訳）の御役をもらったことがあることなども知られている。高名な学者とのつきあいも多いことから、配慮されたのだろう。

福助は「はい」と頷く。

「大牢や無宿牢では新入りは簡単に殺される、と聞いたことがあるので、もう、どうなることかと、あたしは肝を冷やしました」

「うむ、牢屋敷の内は無法に等しいと聞くからな」

大勢が入る牢では、入牢中の罪人が牢役人として力を与えられ、暴虐がまかり通っている。金子や貢ぎ物のない新入りは、邪魔だとばかりに夜のあいだに殺され、病死人として処理される。牢屋敷の役人も馴れており、いちいち騒ぎにはしない。罪人の死体は取り捨てと決まっているため、裏門から運び出されて終いだ。

福助は傍らに置いた風呂敷包みを手で叩いた。

「で、牢屋敷では届け物が大事と聞いたので、さっそく布団やら手拭いやら下帯やらを持って行ったんです。そのあとは、食物なんかも持って行ってるんです。千賀先生やほかのお弟子さんも届け物をしてくだすってますが」

「そうであったか」

加門はほっと弛みそうになる面持ちを、すぐに引き締めた。安堵(あんど)している場合ではない。人を斬り殺したとなれば、その刑罰は死罪だ。そう思い至って、ごくりと唾を呑んだ。

源内の屋敷の門を出ると、前にいた数人の男達が、さっと左右に割れた。中を覗いていたらしい。

去る加門を見送りながら、ひそひそと言葉を交わしている。

「まだ、中に誰かいるのか」

「よく平気でいられるな」

「おう、おっかなくないのかねぇ」

それを背に聞き流しながら、加門は表へと出た。

源内の騒動はすでに知れ渡っているのだろう。江戸の町は、噂が広まるのが早い。

加門は耳を立てながら、ゆっくりと歩く。

凶宅、源内、という言葉が聞こえてくる。

加門は水茶屋を見つけ、そこの長床机に腰を下ろした。やって来た茶屋の娘に、茶と焼き団子を頼むと、周りの人々を眺めた。

「やっぱり凶宅ってのは、あるんだなぁ」

横のほうから、聞こえてくる。

「だいたい、前に住んでた浪人が切腹した、なんてぇのが縁起が悪いや。その怨念が残ってるんじゃないのかい」

「その浪人も次の検校も金貸しだったんだろう。金貸しなんざ、人の恨みを買うもんだ。それが、屋敷に渦巻いて凶宅になるのかもしれねぇぜ」

「おう、きっとそうだ、人の金をまわして儲けようってぇあくどい根性が、あくどい魔を呼ぶにちげえねえ」

加門の元に茶と団子が運ばれてきた。醤油の焦げた匂いを嗅ぎながら、加門は団子を口に運ぶ。

「けどよ」声が続く。

「平賀源内は金貸しをしてたわけじゃあんめえ、なんで、そんな不運に遭うんだよ」

「ううん、そうさな、それが凶宅ってもんなんじゃねえのか」

「埒もねえ」

男らの声が笑いに変わる。

「けど、前に八卦見が言ってたな。凶宅に入ると、なにもかも悪くなるもんだって。運がいいときゃそういう家には縁がつかないが、運が落ちると凶宅みたいな所に引っ張られるから気をつけろってよ」

「ふうん、そういうもんかい。まあ、誰でも運には山と谷があるからな」

「そっか、平賀源内はこれまでさんざんいい目にあってきたから、運が尽きたのかもしんねえな」

「そいで、凶宅を買っちまったってわけかい」

「おう、だから、運が落ちたときにはじたばたしねえで静かにやり過ごせって、その八卦見は言ってたぜ」

加門は口中の団子を茶で流し込んだ。

「けどよお」男の声に溜息が混じる。

「山師だなんだって、さんざんこき下ろしたが、平賀源内ほどの才人はもう出ねえだろう。こんなことで終いになるなんざ、惜しい気がするぜ」

「ああ、そうだな、芝居だの本だのエレキテルだの、次から次に楽しませてくれたのに、もったいねえな」

加門は茶碗を置いて立ち上がった。

道を歩きはじめても、行き交う人々の口から凶宅と源内という言葉が聞こえてくる。

加門はそれを耳に留めながらも、早足になった。

二

勘定奉行松本秀持の屋敷で、加門は中間の丈右衛門と向き合った。

「すでに役人に話したこととは思うが、いま一度、聞かせてもらいたいのだ」

加門の言葉に、丈右衛門は「はい」とかしこまった。

「宮地様のお名前は先生から聞いていました。田沼様からご信頼を得ておられるお方、と。なんでもお尋ねください」

「うむ、騒動のあった夜のこと、くわしく知りたいのだ。そなたと久五郎、それと源内殿の三人でおられたのか」

「いえ、はじめはほかにも三人いました。皆、弟子で、普段から通っている者ばかりです。で、酒を飲みながら話をしていたのです。あ、先生は飲まれませんでした」

「ふむ、源内殿は下戸と聞いている、で……」

「はあ、夜になって、一人、また一人と帰っていきました。三人が帰ってわたしと久五郎さんとが残って先生と話をしていたのですが、わたしたちが酔っ払ってしまったので、先生は席を外されたのです。わたしたちはもう、泊めてもらうつもりで、そのまま飲んでましして……その後、しばらくしたら、先生が戻って来たのです。ひどく怒ってらして……」

「怒った、とは、なににだ」

「はい、それが、書き付けをどこにやった、と怒鳴られて……」

「書き付け……なんの書き付けであろう」

それは、と丈右衛門は首を振る。

「わかりません。先生は書斎には誰も入れなかったので、わたし達も書き物など目にしたことはありませんし……ですが、隠したのは誰だ、とすごい剣幕で……」

「ふうむ、大事な書き物がなくなっていた、ということか」

「はい、おそらく……これはあとで思ったのですが、先に帰った誰かが、持ち去ったのかもしれません」

「なるほど、それもありうるな」

「ええ、ですが、そのときにはわたしたちが疑われたようで。けど、心当たりがないものですから、知りません、と答えました。ですが、先生は納得なさらないごようすで、とぼけるな、とか、いいから出せ、と……いや、わたしらはほんとに知らないと言うと、先生は奥へ行き、刀を持ち出してきて、いきなり抜いたのです」

丈右衛門はそのときのことを思い出したらしく、顔を歪めて、首を縮めた。

加門は口を曲げる。

「源内殿ともあろうものが、ずいぶんと短気なことをしたものだ」

「はい、驚きました。なれど、先生は近頃、苛立つことが多くなっていたのです。ささいなことに不機嫌になられたり、声を荒らげることがあったりと……」

「ほう、そのような……」

言いつつ、加門は腑に落ちるものがあった。ここ最近、なにかを作ればすぐに真似され、偽物を作られ、そのくせ山師呼ばわりされることに苛立っていた。貧家銭内などという名で、己の窮状を読本の種にしてもいた。自棄になっているような、荒れたようすが気になっていたのを、改めて思い起こした。

「なるほど」加門は目顔で頷いた。

「それで刃傷沙汰になったということか」

「はい、わたしは刃をよけようとして指を切られ、久五郎さんは頭を切られて、庭へ転げていったのです」

　ううむ、と加門は唸る。まるで乱心、だ……。

「あのう」丈右衛門が上目で見る。

「先生はどうなるのでしょう。牢屋敷に入れられたと聞きましたが」

「うむ、そのうちにお沙汰が下されるはずだ」

「お沙汰……」

　丈右衛門が唾を呑み込むのを、加門は見つめた。

「斬りつけられたというのに、源内殿のことを恨んではいないのか」

　丈右衛門は晒を巻いた手を胸に当てる。

「久五郎さんの家のお人らはさぞかし恨んでおいででしょうが、わたしは恨むなど……先生のこの先を考えると、苦しいばかりです」

　顔が歪み、伏せられていく。

　加門はそっと腰を上げた。

「話はわかった。邪魔をしてすまぬことであった」

いいえ、と丈右衛門は首を振る。その面持ちは沈痛なままだった。

意次の声に聞き慣れた声も混じっている。


田沼意次の屋敷で奥に通された加門は、おや、と廊下を歩く足を速めた。


「これは……」

部屋に入って行くと、そこに千賀道隆と道有の親子もいた。

「うむ」意次が向かいに座れと手で示す。

「先ほど遣いを出して、呼んだのだ。そなたの話、道隆殿と道有殿に聞いてもらったほうがよいと思ってな」

はい、と道隆も頷く。

「わたしも田沼様とお話ししたいと思っていたので、飛んで来たわけで」

「ええ、それに宮地様のお調べも是非、お聞かせ願いたい、と」

道有も続けた。

並んで座った加門は、では、と口を開いた。

福助に聞いた話、そして丈右衛門から聞き取ったことを、伝えていく。

皆、じっと耳を傾けた。

「ふうむ」意次が腕を組んだ。

「そのようないきさつであったのか。しかし、刃傷にまで及ぶとは、源内殿らしくもない」

「ええ」道隆も顔を歪める。

「長いつきあいですが、刀を抜いたことなどないというのに」

道有が顔を振った。

「しばらく前に、杉田玄白先生が案じておられたのです。源内殿はどうも、気を病んでいるようだ、と」

「気を……」

意次のつぶやきに、加門は膝を進めた。

「わたしもそう思う、しばらく前から気鬱ではなかったのかと。書いた本でも、話す言葉でも、世の中への怨みごとが多かったのが気になっていた」

「うむ」道隆がそれを受ける。

「それはわたしも気にかかっていたのだ。源内殿、近年はなにかにつけて不満を口にすることが増え、不機嫌な日が多くなっていたように思うて」

道隆の言葉に加門は頷く。

「ええ、まさしく。わたしはこたびの件、調べるうちに、昔、医学所で習ったことを思い出したのです。気鬱を患う人には、下手に動かぬように言い聞かせよ、と教えられたものです。気鬱のさいには、よい判断ができぬ、なのに、眼前の不如意さからなんとか脱しようと、あがいてしまう、と。それが誤った決断を招き、本来ではない道を選んでしまうものだ、と」

「おお、それはしかり」道隆が頷く。

「気鬱も乱心もそうだが、それを病んでいるときには新たなことはしてはならぬ、というのが基本。特に、大きな決め事は避けるべきなのだが、病んでいる者はそういうときに限って、とんでもないことをはじめてしまうのだ」

　ほう、と意次は眉を寄せる。

「そういうものか。なれば、源内殿が屋敷を買い、家移りをしたのは、まさしくそれであった、ということか」

　加門は頷いた。

「杉田玄白先生は、あの家移りに反対しておられた。今にして思えば、源内殿の気鬱を察しての進言であったのだと思う」

「ええ」道有が口を開く。

「なれど、気を病んでいるときには、人の進言に耳を貸さないものです」

ううむ、と意次が口を曲げた。

道隆が膝行して、間合いを詰める。

「田沼様、なんとかなりませぬか。このままでは、死罪。あの天下の奇才、平賀源内をみすみす死なせるなど、それこそ天下の損失です」

むう、と意次が唸る。

道隆はさらに膝行した。

「老中のお力で、なんとか放免にできませんか」

ううむ、と意次は天井を見上げた。

「源内殿の才は確かに、得がたいもの。しかし、人を斬り殺したという罪はいかんともしがたい」

加門は意次の顔を見つめる。

実直で誠実な意次に、法を曲げるなど無理であろう……。そう思いつつ、その無理を言う道隆を横目で見た。

真摯（しんし）な目で、意次を見ている。息子の道有も進んで父の横に並んだ。

「無礼討ち、ということにはできませんか」

武士の無礼討ちは、やむなしと判断されれば。無罪放免となる。

「いや」意次は顔を戻す。

「丈右衛門とやらの申し立てがあるのだ、それは通らぬであろう」

苦渋に歪んだ意次の面持ちに、親子は肩を落とした。

「だめですか」

意次が小さく首を横に振った。

「わたしとて、できれば助けたい。源内殿には、この先も才を発揮してもらうつもりであった。この国を豊かにするのに、源内殿の才はきっと役立つ……それをみすみす失うなど、臓腑がねじれそうだ」

「ええ、まさに」道隆が拳を握る。

「こうしていると、源内殿の声や振る舞いが思い出されて、臓腑がねじれてくる。不遜なところはあったが、それが今となっては愛嬌。あの考えの大きさ、先を見通す目は、誰も持ち得るものではない……」

加門も頷く。

「余人を以ては代えがたい、とはまさしく源内殿のこと」

皆が目を交わし、それを伏せる。

それぞれの口から溜息が洩れた。

「時が巻き戻せたら……」

道有のつぶやきに、さらに溜息が深まった。


源内の屋敷を訪れた加門は「ごめん」と声を投げながら上がり込んだ。

「福助殿、おられるか」

廊下を行くと、奥の部屋から「はい」という返事が上がり、同時に部屋から人が廊下に首を伸ばした。杉田玄白だ。

「これは、玄白先生」

加門は部屋に入って行く。

福助とのあいだには風呂敷包みが置いてある。源内への届け物を持って来たらしい。

加門も懐から巾着を取り出すと、福助の前に置いた。

「これは田沼様からお預かりしたのだ。源内殿に不自由ないよう、届け物をしてほしい、ということであった」

「はあ、なんと……」

福助はそれを額の前に押し頂いて頭を下げる。

玄白は、

「田沼様がそのようなお気遣いまで」

とつぶやいて、顔を振った。

加門はそっと玄白を窺う。

「先生の進言を聞き入れて家移りをやめていれば、としみじみと思います」

いや、と玄白は顔を歪めた。

「この凶宅などは関わりのないこと。源内殿は狂病だったのです」

きっぱりとした物言いに、加門は目を見開く。

「そう思われますか、わたしも気鬱を病んでいた、と考えていましたが」

玄白は頷く。

「気鬱とも言えましょうな。いずれにしても、正気を失っていたのは確かなこと。でなければ、人を斬り殺すなど、できようはずがない」

玄白は顔を伏せた。

「もっと早くに、手を打つべきであった。薬がどこまで効いたかわからないが、服ませておけば、こうはならなかったかもしれない。いや、温泉にでも連れて行けばよかったか……」

福助が肩をすくめる。

「すみません、あたしがお側にいながら、なんにもできずじまいで……」

いや、と玄白は首を振る。

「そなたを責めているのではない。まわりに何人もの医者がいながら、このような顚末となったことが口惜しいのだ」

加門は拳を握る。

「まさに、口惜しい、とか言いようがありませんな」

加門の言葉に、福助も玄白も、唇を嚙みながら頷いた。

三

十二月。

下城の道を、加門は草太郎と歩く。

「源内殿は」と、草太郎が小声で言う。

「どうしておられるのでしょう」

む、と加門は眉間を狭めた。

「家来の福助が牢屋敷に通って届け物をしているが、会えるわけではないからな、ようすはよくわからないそうだ」

「そうですか……どうなるのでしょう」

加門は眉間の皺を深める。死罪、という言葉は口にしたくなかった。

黙り込んだ父に、草太郎も口を閉ざした。

やがて、御用屋敷に帰り着いた。

門をくぐると、駆け寄って来る姿があった。

吉川孝次郎だ。

「義父上」

その顔は破顔している。

「おう、いかがした」

加門の問いに孝次郎は父子の双方を見た。

「子ができました。千江が懐妊です」

ほう、と加門も面持ちが弛む。草太郎も、

「へえ、それはよかった」

と、笑顔になった。

すでに孫は生まれていた。先に嫁いだ鈴が、去年、男児を産んでいる。

三人は並んで歩きながら、吉川家に向かった。

話し声に、千江が出て来る。

「おう、変わりはないか」

父の言葉に、千江は「はい」と、恥ずかしげに微笑む。

千江は進み出ると、宮地家のほうを見た。

「母上にもお伝えしたいので、行ってもよいですか」

「おう、そうだな」

頷く孝次郎に、加門も、

「うむ、喜ぶであろう、参ろう」

屋敷へと歩き出す。

四人になった一行は、宮地家の玄関を開けた。

「あらまあ、お揃いで」

足音で玄関まで迎えてに出ていた千秋が、目を丸くする。

「うむ、よい知らせだ」

加門が千江の背中を押す。進み出て、はにかんだ笑顔で腹に手を当てる娘に、千秋は「まあ」と、腰を浮かせた。

「あらあら、そうなの」

娘の手を引くと、上がるように促す。

「お祝いをしなくては、まあ、うれしいこと」

母と娘を見ながら、目を細める。と、加門は顔に手を当てて、己につぶやいた。笑うのは久しぶりだな……。

師走の風が、背後から吹き込んでいた。


月半ば。

下城の道を逸れて、加門は田沼家の屋敷へと足を向けた。

昼間、〈屋敷に来られたし〉という書き付けを使いから受け取っていた。

奥では、また千賀親子が待ち受けていた。

意次が険しい顔を上げる。

「来てくれたか、加門」

うむ、とやはり強ばった面持ちの千賀親子を見た。

意次が、加門を見る。

「源内殿の具合が悪いそうだ」

「具合が……」

「さよう」道隆が頷いた。

「牢屋医者に知った者がいるので、しばしばようすを訊いていたのだが、この数日、どうも病を得たらしい、と」

「ええ」道有が続ける。

「わたしが聞き出したのです、高い熱が出ているようで」

ふうむ、と加門も面持ちが硬くなる。

「それで」道隆が意次に向かって身を乗り出した。

「折り入っての相談に上がったのです」

「相談、とな」

意次が眉を寄せると、道隆は膝行した。

「これを機に、源内殿を助け出したい、そして、江戸から逃がしたいのです。田沼様、御領地の相良で匿ってもらえないでしょうか」

遠州の相良は、田沼家が将軍から与えられた国だ。築城も命じられ、今も城の普請が続いている。

「助け出す、とは」加門が口を開いた。

「牢屋敷から、どのように」

ええ、と道有が加門と意次を交互に見た。

「考えたのです。これまでも薬の届け入れをしていたのですが、違う薬を届けるのです。熱がさらに上がり、具合が悪くなるように」

「なんと」

意次が目を見開くと、道隆が頷いた。

「熱が高くなって気を失えば、死んだも同然に見えます。そこで、牢屋医者に死んだ、と判断を下してもらう。さすれば、死体は取り捨てです」

罪人が牢屋敷で死亡した場合、遺体は遺族に渡さないのが決まりだ。裏門から捨てるように出され、千住に運ばれることになっている。

「それを引き取る、ということか……」

加門はつぶやいた。

罪人の遺体は、それを請け負う者らによって、千住の小塚原に運ばれて行く。そこには寺が集まっていて大きな火葬場もあり、まとめて葬られる墓もある。罪人の遺体は引き取り禁止で、葬儀を行うことも禁じられており、小塚原の露と消えるのが定めだ。しかし、そこには裏もあった。遺体を運ぶ人夫に金を渡せば、こっそりと引き渡してくれるのだ。死亡を知らされた遺族が迎えに行き、そっと引き取っていくのは珍しくなかった。

　意次も身を乗り出す。

「しかし、そのようなことができようか」

　ええ、と道有は頷いた。

「牢屋医者はよく知っている男です。牢屋奉行から信頼も得ているため、死んだ、と判断を下せば、それで通るらしいのです」

　ふうむ、と加門は腕を組んだ。

　牢屋敷に入ったことがあるし、中の話も何度も聞いてきた。

　牢内で罪人が死亡するのは珍しいことではなく、むしろ、頻繁(ひんぱん)にある。牢名主に金を差し出さなければ、邪魔にされて口を塞(ふさ)がれて殺されてしまうのだ。それは町の者らにもよく知られている。

　また、一人で入る揚がり屋であっても、寒さや暑さ、風も通らない気の悪さに加え、粗末な食事でたちまちに具合が悪くなる。病を得て、命を落とすのも希(まれ)ではなかった。

　それらの死は、牢屋医者によって、病死という判断を下される。厄介事(やっかいごと)を避けたい牢役人が袖の下を渡し、医者もそれに応じるのだ。

　道隆も続ける。

「医者が判断を下せば、その下で働く牢役人らは、取り捨てという常の仕事をするまで。罪人相手だけあって粗雑で、まだ多少の息があっても、流行病の折などには、さっさと捨ててしまうそうです」

「そのようなことが」

　意次が驚きを顕わにする。

「ええ」道隆は頷いた。

「ですから、取り捨てにしてさえくれれば、うまくいくはず……わたしの屋敷はすぐ近くですから、連れ帰ってしまえばこちらものです。病が癒えたら、江戸から逃せばよいのです」

「それで、相良へ、と」

　加門は言いつつ、意次を窺った。

　先の将軍家重も意次の正直さと誠実さを買っていた。法にも忠実だ。評定所などで下す裁定は適切で、それが老中にまで引き上げられた評価の一つでもあった。

　老中という立場上、法を犯すようなことはできまい……。加門はそう思いつつ、意次をそっと見る。

「田沼様」千賀親子が手をつく。

「源内殿をみすみす死なせたくないのです」

ううむ、と意次は顔を伏せた。

加門は息を呑んで、窺う。

ふむ、と意次は顔を上げた。

「あいわかった、もし、生きて出られたら、相良で受け入れよう」

え、と加門は目を見開く。罪人を逃がし匿うなど……。声に出かかって、喉元で揺れる。

意次はその気持ちを察したように、口元を歪めた。

「将軍のお世継ぎが命を取られる世の中だ、浪人一人の命を助けるくらい、天も見逃してくれよう」

「はっ」千賀親子が身を起こした。

「ありがたきお心」

道隆の笑顔に道有も破顔する。

「よかった、これで助けられますね」

ふうむ、と意次が顎を撫でる。

「だが、そのような仕儀、うまくいくものか……」言いつつ、はっと加門を見た。

「そうか、それゆえに加門にも話を聞いてほしい、と申されたのだな」

「はい、遺体の引き取りなど、わたしどもが怪しまれずにできるか、心許なく……宮地殿なれば、御庭番の知恵もおありかと思うた次第で」

父の言葉に息子も続ける。

「ええ、それに、源内殿を江戸から逃がす際には、姿も変えたほうがよいと思うのです。それも宮地様のお力を借りられれば、と思いまして」

「なるほど」

と意次に見られて、加門は背筋を伸ばした。

「そういうことであれば、わたしも及ばずながら……」

確かに、意次の言うとおりだ、と腹の底で思っていた。浪人一人助けたところで、世の中が変わるわけではない。その一人は、死なすには惜しい命なのだ……。

「おお、ありがたい」

道隆は声を高めると、息子と頷き合った。

「して」意次は小首をかしげた。

「いつ、それをするおつもりか」

「はい」道隆は顔を巡らせる。

「さっそく、明後日にでも」

明後日、と加門はつぶやき、そっと唾を呑み込んだ。

四

二日後の十二月十八日。

加門は牢屋敷の門を、離れた場所から窺った。

福助がやって来た。手にしているのは道隆から託された風呂敷包みだ。中の箱には、菜飯（なめし）と菓子が詰められ、薬も添えられているはずだ。

道隆は言った。

〈菜飯の底に、書き付けを忍ばせておきます。これまでも一分金などを忍ばせていたので、源内殿は必ず見るはず〉

そして、おそらく、と加門は思う。菜飯の上にも一分が載せられているはず……。

届け物は役人の検分を受ける。中を開けて、確かめるのだ。そのため、届け物をする者は、役人への付け届けとして金銭を忍ばせる。少しでも、中の科人(とがにん)に手心を加えてもらいたい、殺されぬように目を配ってほしい、という心の表れだ。役人のほうも、それに馴れており、そっと銭を懐にしまい、検分はざっとすませるのが常だ。

なにも知らされていない福助は、いつものように届け物を差し出した。

〈このことは、我ら以外の者には、知られぬようにしたほうがよいでしょう〉

そう言ったのは加門自身だった。

秘密を知るのは、最少の人に限るのが鉄則だ。

福助が戻って行くのを見届けて、加門も牢屋敷をあとにした。

さて、あとは夕刻を待つばかりだ……。

空の陽が西へと傾きだした頃、加門と千賀親子は牢屋敷の裏側へと立った。裏門が見える少し離れた場所で、待つ。

加門は以前、百姓一揆(ひゃくしょういっき)で牢死した人らの取り捨てに立ち会ったことがあった。その折にも、仲間が遺体を引き取って行った。

裏門の外には、死体の運搬をまかされた乞食(こつじき)の男達がいる。身分外とされ、役目を押しつけられた人々だ。

裏門が開き、男達が入って行く。

加門は千賀親子に目配せした。

ほどなく、男達は板を手に出て来た。戸板ほどの板に筵（むしろ）がかけられている。こんもりと盛り上がった筵からは、中の者が一人ではない、と察せられた。

裏門はすぐに閉められ、男達が歩き出す。

加門が足を踏み出すと、千賀親子も続いた。男達はすぐに察して、歩みを緩めた。

ここで受け取る金は、男達にとっても大事な稼ぎだ。

「待ってくれ」

という加門の言葉に、男達はすぐに板を下に下ろした。

加門はしゃがみ、かけられていた筵の端をそっと持ち上げる。

青ざめた顔が二つ、並んでいる。一つは源内だった。

うしろから覗き込む千賀親子を振り返り、頷いた。

加門は懐から用意していた小さな包みを取り出すと、乞食にそっと差し出した。

「この者、もらい受ける」

男達はなにも言わずに顔をそむける。

加門が頷くと、道有がしゃがみ、道隆が源内を起こして息子の背に負わせた。

加門は源内の背を手で支え、三人が歩き出す。

よし、と加門はつぶやいた。背中からはぬくもりが感じられた。

道隆の屋敷はすぐそこだ。

三人は目立たぬように、しかし、足早に屋敷に向かう。

屋敷の門をくぐると、駆け足になって、座敷へと運び込んだ。

敷いていた布団に寝かせ、三人が源内を覗き込む。

息を確かめ、脈に手を当てる。

「うむ、生きている」

道隆の言葉に、加門もほっとして、顔を見合わせた。

「では、薬を」

道有が出て行く。

加門と道隆は源内の着物を脱がせ、身体を拭いて、着替えさせた。さらに手足を揉み、さする。だんだんと温かみが増してきた。

薬を持ってきた道有は、源内の背に手を入れて、上体を起こした。

「源内殿」

道隆は手を伸ばし、源内の頰を叩く。

「源内殿……、これ、源内、目を開けよ」

源内の瞼が動いた。が、目は開かない。

「よし」と道有を口を開かせ、煎じ薬を匙で口に入れる。

喉が動き、薬が落ちていくのがわかった。

「うむ、服んだぞ」

道隆の声に、息子がさらに手を動かす。

それを見つつ、加門はやっと肩の力を抜いた。助かりそうだ……。

加門は立ち上がると、では、と廊下へと出た。

あらかじめ決めていた手筈どおり、加門は神田橋本町の源内の屋敷へと向かう。

源内に家族はいない。妹婿が平賀家を継いでいるが、その家は四国の讃岐にある。

いずれ、死去の知らせはそちらにもたらされるはずだ。家来しかいない橋本町の屋敷
には、知らせはないはずだった。

源内の屋敷に、加門は大声を上げて飛び込んでいった。

「福助、いるか」

ただならぬようすに、福助が廊下を走って出て来る。

「あ、宮地様でしたか、なにか……」

膝をついた福助を、加門はいかにも息せき切って来たように肩を上下させて見下ろした。

「聞け、源内殿が死んだ」

え、と福助は目と口を開く。

「え、なんて……」

加門は腰を曲げて、顔を近づける。

「病で牢死したそうだ、知っている牢役人から聞いたのだ」

ええぇ、と福助は立ち上がろうとするが、その腰が崩れ落ちる。顔がぶるぶると震えはじめた。

「そ、そんな……」そう言うと、よろめきながら、ようやく立ち上がった。

「先生……」

ふらつく足で、土間に下りようとする。

「落ち着け」加門はその肩を押さえた。

「遺体はすでに千住に運ばれたそうだ。そもそも、罪人の遺体は引き取りも葬儀も禁じられている。それは知っていよう」

福助は手まで震わせつつ、頷いた。

加門は肩をぐっとつかんだ。

「考えようによっては、死罪となって首を刎ねられるよりもよかったのだ」

死罪となった遺体は、遺族が引き取ることはできるが、首を繋ぐことは禁じられている。

あ、と福助は顔を上げた。

「そ、それは……」

うむ、と加門は頷きながら、入り口の外を振り返った。

「今日はもう陽も落ちた。明日、杉田玄白先生に知らせに行ってくれ。それと、お弟子さんらにもな」

「は、はい」

福助は掠れ声で頷く。

「気をしっかり持つのだぞ」

そう言いながら、すまぬ、と加門は腹でつぶやいた。

外へ出ると、さて、と足を速めた。

意次にも知らせねば……。

田沼家の屋敷は神田御門の内にある。加門は御門へ向かって歩き出した。

翌日。

道隆の屋敷を訪れると、そっと裏口から入った。

勝手に上がり込んで奥の部屋へ行くと、目の下に隈を滲ませた千賀親子がいた。寝ずの看病をしたらしかった。

「ああ、宮地様」道有が見上げる。

「朝方、目を覚ましました。今は寝ていますが」

「そうですか」

枕元に座って覗き込むと、源内の寝息が感じられた。

道隆が弛んだ面持ちで頷く。

「脈も戻ってきたゆえ、回復するでしょう」

「それはなにより」

加門はしばし顔に見入ってから、腰を上げた。

「では、わたしは橋本町の屋敷に行きます。今頃、人が集まっているはず」

「ああ、では」道隆が言う。

「我らもあとで参ります。千賀家が駆けつけねば、変に思われますからな」

「それはしかり、では、のちほど」

加門は寝ている源内を振り返りつつ、部屋を出た。


橋本町の屋敷からは、ざわめく人の声が外まで聞こえていた。

部屋や廊下で、それぞれに集まった男達がうわずった声を交わしている。なかに杉田玄白の姿もあった。

「おお、これは宮地殿」

気づいた玄白に、加門も寄って行く。

「とんだことになりましたね」

「うむ、宮地殿が知らせてくださったそうですな」

ええ、と頷く加門に、玄白は首を振る。

「しかし、かようなことになるとは……いや、死罪よりはまし、と皆が申してはおりますが」

加門は喉が詰まる。玄白は源内とは古いつきあいだ。ともに阿蘭陀（オランダ）人の元に通って言葉を学んだり、本を貸し合ったり、知識を交換したりと、深いつきあいを重ねてきていたのを知っている。

その玄白を騙(だま)すのは気が引けた。が、真相を打ち明けるのも憚られる。玄白は生真面目(きまじめ)で、常に冷静だ。法を犯すようなことに加担できない質(たち)であるのは明らかだ。知らせれば、重荷になるに違いなかった。

加門は言葉を探っていると、表から声が立った。

「皆さん、おいでであったか」

道隆と道有が廊下をやって来る。

「千賀先生」

皆の目が向き、集まってくる。

道隆は人々を見まわすと、口を開いた。

「こたびは、このような事態となり、なんとも口惜しいばかり……しかし、我らにできることは供養(くよう)することくらい、そこで……」

そのあとを道有が続ける。

「我が檀那寺(だんなでら)と話をつけ、墓を建てる許しをもらってきましたぞ」

おお、と声が起こる。

「それはよきこと」

「ああ、立派な墓を建てようではないか」

「寺なら葬儀もできよう」

弟子らが口々に言う。

「墓、か」玄白も眉間の皺を弛めた。

「それはありがたきこと。千賀殿の寺なら源内殿も心安く眠ることができよう」

はい、と福助が手を合わせて進み出た。

「お葬式もお墓もだめかとあきらめてました、ありがたいことで」

ふむ、と道隆は皆を見る。

「では、三日後に寺で集まりましょう。わたしの寺は……」

説明する道隆の声に、皆、じっと耳を傾けた。

五

三日後。

浅草橋場(あさくさはしば)は大川(おおかわ)のすぐ近くだ。そこの一画にある総泉寺(そうせんじ)に、人々が集まった。

棺代わりの木箱に源内が着ていた着物と履き物(はきもの)を収めると、それを土中に埋めた。

上に立てられた墓石には〈智見霊雄居士(ちけんれいゆうこじ)〉と彫られている。墓石は玄白が私財を投じた物だった。

僧侶の読経に、皆が手を合わせ、瞑目した。

加門と千賀親子も、それに倣う。

福助の泣き声が静寂を破った。

「先生」

と、墓石に両手を伸ばす。

涙に濡れた頬を拭こうともせずに、福助は皆を見渡した。

「み、皆さん、お願いがあります、あたしが死んだら、このうしろに埋めてください。墓石なんていりませんから、この、先生のうしろに……」

人々のなかから、声が漏れた。堪えていたものが綻びたように、嗚咽が漏れ聞こえてくる。

加門はすまぬ、と思いつつ福助を見る。これだけ慕っているのに、生きていると言えないことに、胸が痛んだ。

「福助は」道有が口を開く。

「秋田の生まれであろう、帰らずともよいのか」

福助が首を振り、涙が顔中に広がる。

「帰りません、あたしはずっと、最後まで先生のお世話をすると決めてたんです。だから、死んでも、ここに……」

「うむ」と道隆が頷く。

「その願い、きっと叶える、安心しろ（福助の墓石は現存）」

皆の嗚咽が広まった。

福助の号泣(ごうきゅう)が上がり、立ち上る線香の煙が揺れていた。


大晦日(おおみそか)も迫る町は、早朝から人が行き交っていた。

加門も息を白くしながら、小伝馬町の辻を曲がった。

千賀道隆の屋敷にいる源内が、今日、旅立つことになっていた。

声をかけずに屋敷に上がり込んだ加門は、奥の部屋に向かった。

すでに旅姿に身を包んだ源内が、そこにいた。手甲(てっこう)に脚絆(きゃはん)まで付けた源内は、神妙な面持ちで千賀親子と向き合っていた。

「おはようございます」

そう言いながら入って来た加門を見ると、源内は背筋を伸ばして礼をした。

「宮地様にもお世話になりました、真、かたじけなく思うております」

「いや」と加門は手にした箱を置いて、源内の傍らに座った。

「回復されてなによりだ。そのようすなれば、相良までも無事に行けよう」

元に戻った顔色に頷いて、道隆を見る。

「手筈はどのように」

「芝の橋で、相良の藩士と落ち合うことになっている。辰の下刻（朝九時）ということになっているゆえ、まだゆとりはある」

「さようで。辰の下刻であれば人通りも多く目に付きにくい。好都合ですな」

「うむ、そのあたりはお気遣いをいただいたようです。そもそも、二人の藩士が戻るだけの旅路であったのに、御家臣も一人、付けてくださることになったのは、田沼様のお心遣い、ありがたいことです」

「田沼様には」源内が頭を下げる。

「大恩あるうえのさらなるご恩、真、お礼を言い尽くせません」

「なに」加門は首を振る。

「天下の才人を失うのは惜しい、というお気持ちであろう。源内殿が生き延びてくれれば、満足なさるはずだ」

「うむ、まさに」

道隆が頷く横で、道有が膝行して進み出た。

「そうだ、宮地様、お聞きになりましたか。総泉寺の墓が壊されたのです」

「墓……源内殿のか」

「ええ、葬儀を行い墓を建てたことが役人の耳に入ったようで、いや、人もずいぶん集まりましたから、しかたがないことかと……」

「ふうむ、わたしもそれは懸念をしていた……付近の町人も覗きに来ていたしな」

「うむ」道隆も頷く。

「ちと、不用心であった。またたく間に噂が広まったようだ」

「それで、破壊を……いや、罪人の葬儀や建墓は御法度ゆえ、いたしかたのないことですが」

「はい」道有が眉を寄せた。

「わたしもお咎めは覚悟しておりましたが、まさか、すぐに壊されるとは……昨日、寺から使いが来たのです」

源内は恐縮して肩をすくめる。

「わたしなどのために……」

いや、と加門は置いた箱を取り上げた。

「そうとなれば、やはり姿を変えねばなりますまい」

「うむ」道隆の顔が険しくなる。

「万が一、見つかれば、今度こそ死罪は免れぬであろうし……」

「ええ、江戸を出るまでは気を抜けません」

加門は蓋を開けると、源内の向かいに座った。

「源内殿は細く形のよい眉をしておいでだから、これを変えましょう」

箱の中から黒い獣の毛をつまみ上げる。

「それは」

覗き込んだ道有に、

「狸の毛です」

加門は答え、糊の入った壺を開ける。毛の先に糊を付けると、源内の眉に置いた。

細かった眉が、濃く太い眉に変わっていく。

「ほう」千賀親子が首を伸ばす。

「これは見事、作り物とはわかりませんな」

ええ、と加門は苦笑した。

「ですが、顔は洗えません。江戸を出て品川宿、いや、品川宿は江戸から遊びに行く者が多い……源内殿は顔もよく知られているゆえ、川崎宿を過ぎるまでは、この眉が取れぬようにしたほうがよいでしょう」

「はい」

源内が神妙に答える。

眉を付け終えた加門は、身を引いて、源内の顔を見た。

「まあ、笠を被っていれば眉はあまり目に付かない……ふむ、これはやはり……」

また箱を手にすると、今度は別の小箱を開けた。

「黒子も付けておこう」

黒い塊を指先で作ると、糊を混ぜて、ううむ、と加門は手を止めた。

「ここだな」

手を伸ばすと、口の横に付けた。

ほほう、と千賀親子がまた首を伸ばす。

「黒子一つで見た目が変わるものですな」

「ええ、目を引くものがあれば、顔そのものよりもそちらが覚えとなって残るもの。人相を変えるにはよいのです」

加門は小さな鏡を取り出して、源内に渡す。

「どうです」

　ほう、と覗き込んだ源内が唸る。

「これなら、別人で通りますな、いや、なんとも男らしい……いっそ、今後はこれで通したほうがいいかもしれぬ……」

　加門は小さく笑いつつ、源内を見つめた。

「あとはできるだけ話さないように、気をつけることです。源内殿はよい声をなさっているから、どこかで聞いた人が、覚えていないとも限らない」

「おっ、確かに」道隆も頷く。

「源内殿はしゃべれば気づかれかねない。人前で話さぬように、くれぐれも用心なされよ」

「はっ、心します」

　源内は苦笑する。

　さて、と加門は千賀親子を見た。

「先生方も江戸ではお顔を知られている。ともに出るわけにはいきませんな」

「うむ、笠を被っても、知った者に会えば隠すことはできませんからな」

　父の言葉に、「ええ」と道有は加門を見た。

「ここで共に歩いて露見すれば、これまでのことが水の泡……」

その目顔に、加門も「承知」と目で頷いた。

「では、源内殿、芝までわたしが送ろう」

加門の言葉に、源内は身支度をはじめた。

荷を負うのを千賀親子が手伝い、笠をかぶせる。

「そうだ」と加門は懐に手を入れた。

「これは手形（てがた）だ、相良藩士の名で作られている」

差し出された手形を源内は両手で受け取り、額の前に押し頂いた。

「ありがきこと」

深々と頭を下げ、口中で礼を繰り返す。

「では、参ろう」

笠を被った加門のうしろに、源内も続く。

屋敷の裏門の手前まで、千賀親子が見送りに付いて来た。

二人は小さく振り返り、頷くと、門を出た。

町に出ると、陽はすっかり東の空に上りきっていた。

加門は源内と並び、芝へと歩き出した。

第三章　遠望の城

一

年明けて安永九年（一七八〇）、一月。

正月のにぎわいも消えて、落ち着きを取り戻した江戸の町を、加門は歩いていた。朝方、降っていた冷たい雨はやんだものの、道はまだ濡れている。

神田の道に入ると、加門は酒屋の前で、足の向きを変えた。店の中では、男達が立ち飲みをしている。小売りをしていた酒屋が、店で飲ませるようになり、肴まで出すようになって、いつしか居酒が定着していた。江戸の男達は朝から酒を飲むことが珍しくなく、昼でも夕でも、酒屋は混んでいた。

加門は入って行くと、一杯の酒を頼んで、男達のなかに混じった。酒をちびりちびりと含みながら、男達の声に耳を澄ませる。源内のことが、どのような噂になっているのか、知りたかった。

凶宅、という言葉が飛び込んでくる。目だけをそちらに向けると、仕事が休みなったらしい職人ふうの四人が立ち飲みをしていた。

「おっかねえもんだな、家ってのは」

「ああ、それに井戸ってえのも、いけねえらしいぜ。粗末にすると、井戸の神様が祟るってぇ話だ」

「おう、井戸はちゃんと祀らねえと怖いんだ。埋めるときだって、節を抜いた竹筒を刺さないと、罰が当たるんだ。そう近所の大工に聞いたぜ」

「なんでえ、その竹筒ってのは」

「だから、節を抜けば気が通るだろう、そうすりゃ埋めたことにならねえってことだろうよ」

「ってえか、井戸の神様が息できるようにするってこった。そうすりゃ祟られないですむって話さ」

「へえ、おっかねえな、けど、神様がいるんなら、井戸に死体なんて、もってのほかってこっちゃないのかい」

「そうさ、神様を汚すんだから、罰当たりもいいこった」

「うへえ、それじゃ平賀源内の凶宅も井戸のせいかね」

「かもしれねえな」

男達は酒のせいか、声が高い。

四人の隣にいた二人連れが、そこに割り込んだ。

「知ってるかい、平賀源内は死体がないまま墓を建てたんだぜ」

「墓って、壊されたんだろ」

「ああ、そうなんだけどよ……」二人連れの一人が、声を低める。

「おれの知り合いが、総泉寺の葬式に行って来たんだ。平賀源内とは、ちいと知り合いだったんでな」

「へえ」

四人が二人連れに向きを変える。

「見て来たのか」

「ああ、ちゃんと最初っから見たんだと。したら、棺桶(かんおけ)代わりの木箱に、生前使ってた着物と履き物を収めて埋葬したそうだ」

ふうん、と四人組の一人が首をかしげる。

「けど、罪人の死体は取り捨てなんだし、葬式だって墓だって御法度なんだろう、そりゃ、当たり前なんじゃないのかい」

「ああ、まあな。けど、あの平賀源内だぜ。杉田玄白やら千賀親子やら、金持ちの仲間が多かったんだから、誰かがこっそり引き取ったっておかしかぁないだろう」

「そりゃ、な」四人組から声が上がる。

「そこいらの町人が取り捨てになったたって、家のもんがこっそり引き取って帰るんだ。平賀源内はそもそも凶宅を買うほどの金を持ってたわけだしな」

「おうよ」二人組の一人が頷く。

「だから、おかしいんじゃねえか、って話さ」

ああ、と連れのほうが、身を乗り出す。

「杉田玄白がこっそり腑分け(ふわけ)をしたんじゃねえか、って言うやつもいてな」

「腑分け」

顔を見合わせる四人に、二人組は得意げに胸を張る。

「杉田玄白は前にも小塚原で罪人の腑分けをしているからな。才人の平賀源内なら、中を見てみたいと思っても不思議はなかろうよ」

四人はそれぞれに首をかしげる。

「いや、けど、腑分けしたんなら死体はあったってことだろう」

「おう、あっこは焼き場もあるんだし、墓を建てたなら、骨は埋めるだろうさ」

「いや、だから」二人組は言う。

「こっそり屋敷に持ち帰っての腑分けさ」

いやあ、と四人組は首を振る。

「そいつは、いかにも与太話くせえな」

聞いていた加門は、ううむ、と腹の中で独りごちた。噂になっているとは思ったが、とんでもない話になっているな……。

「それじゃ、もう一つ」

二人連れの声だ。

「死体がなかったってえのは、実は生きていて、江戸から逃げ出したからだってぇ話もある」

加門は、はっと息を呑む。

「死んじゃいなかったってのかい」

「ああ、牢屋の役人なんざ、金を握らせればなんでもするからな。死んじゃいなかったのに、取り捨てにしたってぇことよ」

「ふうん、まあ、そっちのほうがありそうだな」

「ああ、平賀源内なら死んだふりでもできそうだ」

四人組のほうが口々に言う。

「おう、薬を作ったり売ったりしてたんだもんな、死体に見えるような薬を牢に持ち込んだのかもしんねえ」

「おっ、そいつはありえるな。そこで杉田玄白が引き取って逃がしゃあいいんだ」

加門はそっと唾を呑み込んだ。このような噂まで出るか、と眉を密かに歪める。いや、と加門は酒を口に含んだ。あれほど名の知られた源内殿だ、さまざまな噂がつぎつぎに生まれ、広まっていくだろう……。

男達の話は再び凶宅に移っていく。

加門は酒を飲み干すと、静かに酒屋を出た。


数日後。

加門は千賀道隆の屋敷を訪れた。耳にした噂を、伝えておこうと考えたためだ。

奥に通された加門は、「おお、これは」と、目を見開いた。道隆と向かい合って、杉田玄白が座っていた。

「や、宮地殿、総泉寺以来ですな」

そう言う玄白の横に、加門は座った。

「ええ、せっかく先生の建てられた墓石が壊されたそうで、残念なことでした」

「ああ、いや」玄白は苦笑する。

「我らにとってはかけがえのない才人であった源内殿も、御公儀にとっては罪人であったわけで、弔い禁止の御法度を犯したのはこちらですから、いたしかたのないことです」

「うむ」道隆も頷く。

「もうちっと密かに行うべきであったと、わたしも悔やんでいるところ」

その言葉に、加門は内心で苦笑する。道隆は源内が死んだ、と広く知らしめるために、あえて人を呼んだのだ、とわかっている。

「まあ、それで」

玄白は前に広げていた紙を手に取った。文字が書き連ねられている。

「墓がいけないのであれば、碑を立てようと思い立ちましてな、碑文を書いたのです。これを総泉寺に立ててもらおうと、今、道隆先生に相談していたところでした」

玄白が差し出す書き付けを、加門が受け取った。

ほう、と目で文を追っていく。

処士という言葉が頭にある。仕官をしていない人の意だ。〈処士平賀君〉、という書き出しで、元は讃岐生まれの高松藩士で、藩主から厚遇されたものの、自ら藩を辞したことが記されている。その後はさまざまの地に赴き、諸侯にその才を買われ、仕官を勧められてもすべて断ったことが記されている。

加門は、いや、と思った。仕官をしなかったのは、高松藩主に脱藩する代わりに今後はどこにも仕官してはならぬ、と言われたせいなのを聞いていたからだ。

玄白の文章は続く。

仕官の誘いを断った源内は、その理由をこう答えたという。

〈人生はおのが意のままに生きるのがよし、禄のために腰を折りたくはない〉

なるほど、と加門は思う。それと同じことを、源内は本の中にも書いている。わずかな禄を得るために仕官をして縛られるのは御免、というのはいつも言っていたことだった。

おそらく、と加門は思う。それは本心であったことだろう。しかし、仕官の禁止がなければ、田沼家には仕えていたかもしれない。意次もそれを望み、叶わないことを残念がっていた。

玄白の文章は、源内が客好きであったことに触れていく。

〈君、つねに客を好み、客が来ればすなわち必ずこれを留め、酒や膳を出して、日夜歓談して飽くことがなかった〉

さらに、源内の内実に触れる。そのような歓待をするのに、基となる収入がないため、つねに懐は空しかった。なのに、泰然として気にするふうもなかった、と。その質が磊落で剛毅であったことを記している。

その筆は、才の豊かさにも及ぶ。

書いた書物の多さ、知識の広さ、発明品が百以上に上るその才を賞賛する。

しかし、碑文は終わりに近づいた。

〈安永己亥、狂病して人を殺し、獄に下る。十二月十八日、疾みて獄中に死す。時に五十一なり。官法、尸を取るを許さず、その諸姪相謀て、君が衣服履を収めて、以て浅草の総泉寺に葬り、石を建つ〉

加門はちらりと玄白の横顔を見た。長いつきあいであり、気の置けない関わりをしてきた玄白ならではの、敬意と情が込められている。

最後の一文は、友としての嘆きだった。

〈ああ、非常の人、非常の事を好み、行いこれ非常、なんぞ非常の死なる〉

ほう、と小さく息を吐いて、加門は顔を上げた。

「いや、玄白先生であればこその碑文ですな。源内殿もあの世で喜んでいることでしょう」

「うむ」道隆も目を細める。

「よい供養になりましょう」

道隆は目を逸らして、頷く。

加門も騙しているうしろめたさから、玄白と目を合わさずに書き付けを返した。

「まあ、これで」玄白は言う。

「事の次第は、皆にも伝わるでしょう。凶宅の祟り、などというつまらぬ噂が広まっているようですからな」

なるほど、と加門は頷いた。源内の死について、玄白は多くの人に仔細を尋ねられたに違いない。いろいろの噂も耳に入ったことだろう。

「そうですな、町では迷信や面白おかしい噂話が、すぐに広まりますからな」

言いながら、胸中で思う。聞いた噂は言わずにおこう……。

「うむ」玄白が首肯する。

「つまらぬ噂は、源内殿を冒瀆するようなものだ」

「ええ」加門も頷く。

「この碑文が建てば、皆が見に行くに違いない、事の次第が知れて、噂もやむことでしょう」

「うむ」道隆も頷く。

「さっそく、道有を寺にやって、手配をさせましょう」

では、と玄白は碑文を道隆に渡す。

加門は源内の顔を思い出していた。

非常の人、か、まさにふさわしい言葉だ……。

二

三月。

西の丸御殿を眺めながら、加門はゆっくりと歩いていた。

御殿の主であった家基が世を去って、すでに一年以上が過ぎた。将軍家治に新たな子が生まれるようすはなく、西の丸は閑散としたままだ。

その静けさから顔を逸らして、加門は首を振った。わたしが案じたところで、どうなるものでもない……。

伏見櫓(ふしみやぐら)の下を通り、山里御門(やまざとごもん)へと向かう。御門を抜ければ、吹上(ふきあげ)の御庭から本丸へと戻ることができる。

御門の手前で、加門は足を止めた。

人の声が聞こえてくる。「御三卿」という言葉が、耳に入ってきた。

ちらりと覗くと、門番の伊賀者(いがもの)が二人、顔を寄せ合っているのが見えた。

伊賀者は徳川家康が家臣として召し上げた人々だ。はじめの頃には隠密の役にも就いていたが、今では警護などの役がもっぱらだ。吉宗が連れて来た御庭番と立場は似ているが、御庭番が旗本へと出世しているのに比べ、伊賀者の多くは御家人のままだ。

加門はそっと目だけ覗かせて、伊賀者を見た。二人は加門には気づかずに、話し込んでいる。

「なれば」丸顔の男が首をひねる。

「御三卿と御三家はどちらが上なのだ」

それは、と面長の男が腕を組んだ。

「家康公がお立てになった御三家のほうが上であろう。なんといっても徳川宗家の祖のお血筋だ。それが代々、続いてきているのだし」

「そうか、吉宗公の立てた御三卿はまだ日も浅いしな。だとすると、次のお世継ぎは御三家からの養子となるのか」

　ううむ、と面長が首をひねる。

「どうであろう、御三家の筆頭は尾張家だが、ご長男は七年前に亡くなられたし、その三年後には御次男も亡くなったと聞いている。ゆえに養子をとられたそうだから、尾張藩からの養子はありえんな」

「ほう、そうなのか。では紀州藩はどうなのだ」

「紀州はいかんだろう。隠居されたあのお殿様、御嫡男の岩千代様がまだ五歳だったゆえ、伊予西条藩に養子に行っていた治貞様を戻したほどだ」

「おうおう、そうであったな」

　加門は聞きながら、顔をしかめた。

　隠居したお殿様とは八代藩主重倫のことだ。長男であったため藩主を継いだが、粗暴で残虐、近侍の者や側室に刀を振りまわすような素行の悪さだった。正室となった有栖川宮の姫とも離縁となり、周囲は手を焼いていた。挙げ句の果て、江戸藩邸の隣、松平家の女人に鉄砲を放ったことで、公儀にもその粗暴さが知られることとなった。重倫は、その女人が紀州藩邸を見下すように見ていたからだ、と言い張り、その解しがたさに公儀は重倫を見限った。三十歳の若さではあったが、隠居謹慎を命じたのだ。

　五歳の嫡男に藩主を継がせるわけにもいかず、養子に出していた治貞を戻したのが五年前だった。いずれは嫡男に藩主を譲ることになっており、つなぎとしての藩主であることは、皆、了解していた。

「それならば」丸顔が言う。

「治貞様に男子があれば、ちょうどよいのではないか。ゆくゆくは岩千代様に譲るのであれば、御子を養子に出しても差し支えなかろう」

「いや、それが治貞さまには御子がいないそうだ」

「ほう、そうなのか。なれば、岩千代様の兄弟はおられないのか」

「うむ、ご長男があったそうだが、早くに亡くなられたそうだ」

「ふうむ、岩千代様はまだ御幼少ゆえ御子があるはずないし……となると、紀州藩もなし、ということか。あ、では水戸藩はどうなのだ」

「水戸か」面長の声が重くなる。

「御三家とはいっても、水戸からは将軍は出さない、というのが、暗に決まりとなっているらしいぞ」

「む、そうなのか、尾張、紀州に比べて格下とは聞いていたが」

「うむ、わたしもよくは知らないが、御三家に組み入れられたのは、あとになってのことらしい。本来であれば、駿河の徳川家が御三家に入っていたはず、と聞いたことがある」

「ほう、そうなのか。駿河のお家が続いていれば、水戸家は御三家にはならなかったということか。なれば、わからないでもないな」

駿河の国は一代で改易となっている。二代将軍秀忠の三男忠長が藩主となっていた国だ。

だが、そこに至るまでにあった騒動が、藩主となったあとも尾を引いていた。

秀忠の跡継ぎを巡っては、諍いがあった。長男は早くに逝去していたため、跡を継ぐのは次男の家光のはずだった。が、生母のお江の方は、家光よりも忠長をかわいがり、跡継ぎにしようと動いたのだ。それに反発した家光の乳母春日局は家康に直訴。家康は長子相続を家訓と決め、家光の跡継ぎの座が決定した。

しかし、その争いは兄弟の禍根となった。

忠長は駿河に移ってから粗暴になり、近侍の者らをつぎつぎに手討ちにするなどの乱行がはじまった。周りは乱心と見て、誰も側に寄ろうとしないほどになる。それらが家光の知るところとなり、忠長は改易され、甲府への蟄居を命じられた。が、そこでも乱行が続いたため、高崎藩の預かりとなる。そこの寺でついに切腹を命じられ、二十八歳での終焉となったのだ。

「だが、水戸家には男子がいるのではなかったか」

丸顔の言葉に、面長が頷く。

「二人、男子がいるそうだ。だが、将軍は出さぬ、と暗に決められているのであれば、どうであろうな」

「ふうむ、家格は大事、ということか」

加門は、そっとうしろに下がった。そこで、「うほん」と咳を払った。人が来たことに気づかなければ、話は続くはずだ。が、人に聞かれてよい話ではない。

咳払いで、声はぴたりと止んだ。

加門は歩き出し、山里御門を抜けた。

伊賀者はかしこまって、加門を見送った。

門から離れ、本丸への道を歩いて行く。狐坂に向かいながら、加門は伊賀者のやりとりを思い出していた。

本当は、と腹の底で思う。水戸家が外されているのは、別の理由であろう、と考えていた。水戸家の二代藩主光圀（みつくに）は尊皇（そんのう）の思想を持ち、水戸家では代々、それが受け継がれている。御政道を朝廷に返すべし、と考える者も少なくない。そうした水戸家から将軍の跡継ぎを出せば、公儀の揺らぎになりかねない。

加門はふっと息を吐く。水戸家からの養子はないだろう……。そう考えながら、内濠を渡って狐坂を登りはじめた。

上りながら、加門は辺りを見まわした。名の由来は坂の途中に狐の巣があり、その姿を見かけることがあるからだ。春から夏には、愛らしい子狐達を見かけることもあった。

今日はいないな、とつぶやきながら、加門は坂を登りきった。

御庭番の詰所に入ると、草太郎が「あ、父上」と近づいて来た。

「先ほど、田沼様からのお使いが見えてこれを」

書き付けを差し出す。

それを開くと、加門は文字を目で追って、ふむ、とつぶやいた。

夜。

田沼家の屋敷を訪れると、しばらく待たされた部屋に、意次が早足でやって来た。

「や、すまん、急の来客があって」

いやいや、と加門は首を振る。つぎつぎと客が押し寄せるのはいつものことだ。

向かいに落ち着いた意次は、加門を見て、やっと面持ちを弛めた。

「いや、呼び出したのは、話があってのこと……相良から文が来て、源内殿のようすがわかったのだ」

「ほう、息災なのか」

「うむ、寺に預かってもらったのだが、すっかり元気になり、子供らにいろいろと教えているそうだ」

「寺子屋か、よいではないか」

「うむ、別の名を名乗っているので、まさかあの平賀源内に教わっているとは思わないだろうが、子らにとっては得がたい学びであろう。それに、医者の手伝いもしているそうだ」

「医者か、源内殿は本草学（薬草学）では並ぶ者がないほどだからな、かの杉田玄白殿も感服するほどであるし……相良でもいろいろな薬草をみつけて薬を作っているのであろう。なにはともあれ、よかった」

「うむ、わたしも安心した。それと、もう一つの話だ。相良の城が来月に完成する。わたしも入部するのだが、そなたも参らぬか」

意次は相良藩主となった折、一度、お国入りをしていた。そして、それには加門も同行し、相良の領地を歩いたものだった。

「いよいよ城ができあがるか、それは是非、見たいものだ」

「うむ、そなたにも見てほしい。よし、では警護という名目で共に行ってくれ」

「承知」

と、かしこまりつつ、加門は笑顔になる。ついに城主大名か、と笑顔になって意次の顔を見つめた。が、その面持ちを真顔に戻す。

以前、源内を逃がす相談の際、意次の言った言葉が思い出されていた。

〈将軍のお世継ぎが命を取られる世の中だ、浪人一人の命を助けるくらい、天も見逃してくれよう〉

あえて言葉にせずにいたことが、喉に上がってくる。加門は声を低くして、口を開いた。

「改めて問うが、そなた、家基様は命を取られた、と考えているのであろう。わたしも……いや、誰もがそうだろうが」

む、と意次は顔を歪めて頷く。

「それまで、お鷹狩りで四方に出向かれていたのだ。そのような十八歳のお若い身が、突然、命を落とされたのだからな」

「うむ」加門も眉を寄せる。と、そっと唾を呑み込んだ。

「わたしは田安家が怪しいと考えている。定信様は養子取り消しを願い出たのに許されなかったこと、恨んでいることだろう。老中のみならず、上様にさえ恨みを持っていても不思議はない。それに、お世継ぎがいなくなれば、田安家にも養子の望みが生まれる」

ふうむ、と意次も眉間を狭めた。

「定信様にも兄の定国様にも、機は生じるな。養子を取り消して実家に戻ることは、珍しいことではない」

「うむ、そこだ。田安家は初代宗武様からして、将軍の座への執着がおありだったからな。それが御子らに受け継がれていても、おかしくない、とわたしは思う」

宗武は家重に取って代わろうと、実際に動いていた。父の吉宗の怒りに触れ、謹慎を命じられた不満げな姿を、加門は思い出していた。反省しているようには見えなかった。むしろ、あれでますます兄への憎しみを強めたのではないか……。

意次は小さく頷く。

「わたしも当初はそれを考えた。だが、そう決めつけるわけにもいかぬ、と思うようになった。実はな……」声を落とす。

「清水家から、家臣がやって来たのだ。将軍の御養子には、是非、重好様を御推挙ください、と言うて菓子折まで置いていった」

「菓子折……黄金入のか」

菓子折の箱に小判を忍ばせるのは、常套手段だ。

意次は黙って頷く。

「そうか」加門は口を曲げた。

「重好様は将軍の弟君、養子となってあとを継がれるのになんら不足はない」

「うむ。おそらく重好様ご自身はあずかり知らぬところでの動きであろう。やって来た家臣は家老でもなく、覚えのない者であった」

ううむ、と加門は唸る。

「そのようなことが……」

重好の姿を思い起こして、腕を組む。物静かで、言ってみれば覇気のないお人だ……あのお方が、自ら跡継ぎの座を望むとは思えない。が、家臣がそれを望んでも不思議はない。仕える殿様が将軍になれば、自らの出世も間違いないのだ……。

加門は顔を上げた。

「一橋家はどうなのだ。そうした動きはあるのか」

意次は首を横に振る。

「なにも言ってはこない。意致(おきむね)からも、ない」

田沼意致は意次の甥だ。父の意誠(おきのぶ)は意次の弟で、若い頃から家重の弟宗尹に仕えていた。のちに御三卿の一家、一橋家が立てられて宗尹が初代当主になると、意誠はそのまま仕え、やがて家老となった。が、意誠は七年前、在職のまま病で世を去った。その長子意致は、西の丸の目付(めつけ)として出仕していたが、一橋家からの要望で、父のあとを継いで家老となっていた。

ふうむ、と加門は、胸の内で考えを巡らせる。有利、と余裕があるためか……。

一橋家の二代目当主治済には、男子がいる。長男と次男は家重の命(めい)によって養子に出されていたが、その後、側室が男子をつぎつぎに産んでいた。その側室選びは、治済が意次にまかせて決まった娘だった。

「難しいな」加門は息を吐いた。

「重好様には御子がないし……上様にまた男子が生まれれば一番よいのだが」

ううむ、と意次も溜息を吐く。

「わたしもそれを期待して、大奥に上様のごようすを尋ねてみたのだが……」

その首を横に振った。

「そうか」加門は天井を見上げる。

「御三家も難しそうだしな……」

ふう、と意次は息を吐く。

「まあ、ともあれ、上様の御意向が大事。家基様を亡くされたご傷心は深いゆえ、癒えるのを待つしかない」

「そうさな、気落ちされているところに跡継ぎだの養子だのと言われては、ますますお心が痛まれよう」

加門はそう言って背筋を伸ばすと、顔を上げた。

「うむ、当面、その話は触れないでおくつもりだ」

「よし、では、わたしも相良行きの支度をすることにしよう。江戸を発つ日は決まっているのか」

「うむ、四月の六日だ」

意次の顔が晴れやかになった。

「六日、か」

加門も目を細めて、指を折った。

三

四月六日に江戸を発った田沼家一行は、十三日に、相良の領地に着いた。

馬上の意次のあとに、加門も馬の上から広々と広がる領地を眺めていた。前のお国入りのときには加門は徒で付いていたが、こたびは〈我らももう六十二、歳だからな〉と、意次が馬を一頭あてがってくれていた。高い所からは、東に広がる青い海もよく見えた。

街道の入り口には、大勢の人々の姿があった。出迎えの家臣や藩士だ。皆、一行の姿を認め、駆け寄って来た。

目を細めて領主を見上げ、深々と低頭する。

ほう、と加門は目を瞠った。前のお国入りの際とは、ずいぶんな違いだな……。

初めて来たときには、藩士らの態度に恭順ならざるものがあった。足軽の出という田沼家を侮る者が、少なくなかったのを思い出す。田沼家の重臣に百姓の出の者がいる、というのも反発を買っていた。

しかし、と加門は晴れ晴れとした藩士の顔を見渡した。喜びを顕わにした顔には、誇らしささえ見てとれる。えらく変わったものだ……。

道を進みながら、加門もつられて面持ちが弛んでいく。と、その目が空に引きつけられた。

青い空にいくつかの凧(たこ)が飛んでいる。

もともと海風の吹く遠州は、凧が盛んな地だ。相良でも凧揚げは盛んに行われている、と前の滞在で聞いていた。

海近くの空で上がっている凧はどれも勢いがよく、高い。が、その中でもひときわ高く舞っている凧に、加門は目を留めた。

あれはもしや、源内殿では……。

平賀源内は凧を揚げるのが好きだった。紙鳶堂(しえんどう)という号を持っていた。紙の鳶(とび)と書く紙鳶は、たこ、いかのぼり、などと読む凧の別名だ。源内はそう名乗るほど、凧を好んでいた。

出迎えの意かもしれぬな、と加門は浮かびそうになる笑みをそっとかみ殺した。

一行は道を進み、城下へと近づいて行く。

道の両脇には領民が押し寄せていた。膝をつき、低頭している者も、ちらちらと顔を上げて、領主を窺う。その顔はいかにもうれしげだった。

相良の領地を賜ってすぐに、意次はさまざまな産業を取り入れていた。塩田を造り、櫨の木を植えて蠟燭を作れるようにもし、開墾もして田畑を広げた。領民の暮らしが豊かになる策を探り、さまざまに取り入れていた。

その一方、年貢の高は抑えていた。意次は方々で起きた百姓一揆の評定をしてきたため、年貢の負担がいかに人々を苦しめるかを熟知していたためだ。

統治はうまくいっているのだな……。加門は領民の姿に目を細めた。

本丸の天守である三重櫓が、はっきりと見えてきた。

ほう、と加門は再び目を瞠った。なんと、美麗な城か……。

意次も城を見つめ、笑んでいるのが背中から察せられた。

十二年か、と加門は溜息を吐いた。

田沼意次が相良を領地として賜った頃には、あるのは陣屋だった。意次の禄も一万石で官位は従五位下であったため、城を持つことは許されなかった。が、明和四年（一七六七）、従四位下に上がり二万石に加増されたのと同時に、将軍家治から築城を命じられたのだ。

その翌年から築城に取りかかったものの、江戸で大火が起こり、屋敷が焼失したことで、築城に遅れが生じていた。十二年をかけ、やっと完成したのが、相良城だった。

しかし、と加門は胸の内で思った。これほど見事な造りにすれば、大層、物入りであったろうに……城は大名の威光を示すものとはいえ、ここまでする必要があったのか……。

城門の前では、井上伊織が待ち受けていた。

田沼家家老である井上は、意次から築城をまかされ、領地に詰めていた。百姓の生まれである井上は、その才覚と人柄を認められ、意次の片腕となっていた。もう一人の片腕三浦庄司と共に、田沼家を支える重臣だ。井上は以前は寛司と名乗っていたが、庄司と紛らわしいためか、意次が伊織の名を与えたのだ。

井上伊織は誇らしげに胸を張り、主君を城へと迎え入れる。

馬から下りた加門は、周囲を見まわしながら城内を進んだ。

ほほう、と江戸からの一行は皆、目を丸くしている。

「いやあ、これほどとは」

「うむ、領民から陸の竜宮城と呼ばれている、とは聞いていたがな」

「見よ、あの櫓、江戸城の櫓よりも見栄えがするではないか」

誰もが目を見開き、口を開き、顔を巡らせている。

加門も、四方八方を見渡した。大したものだ……。そう、何度もつぶやいていた。

翌日、さらにその翌日も、城下町では祭りが行われた。

人混みのなかに混じった加門は、おや、と足を止めた。

白木(しらき)の檜屋台(ひのきやたい)が牽(ひ)かれてくる。

白木の檜屋台は、徳川御三家の城下でしか、牽かれることが許されていない。

特別にお許しをいただいたのだな、と加門は目の前の屋台を見上げた。高い屋根を持ち、神輿(みこし)のような飾りや細工が施(ほどこ)された屋台だ。築城も家治からの命(めい)であったことを考えれば、許しが出ても不思議はない。

加門はその足を港へ向けた。

城の横を川が流れており、その河口は港になっている。以前、来た時には小さな港で、それにふさわしい小さな漁船が繋がれていた。

その港が立派になっている。

石垣などで固められ、石段も造られている。そして、漁船だけでなく、大型の船も繋がれていた。そこから下りて来た男らが、いそいそと町へと向かう。

「お殿様が来てはるそうや」

「へえ、ここのお殿様いうたら、あの老中の田沼様やろ、えらい権勢の」

「せやから、立派なお城を建てられたんやな」

「それで祭りをやってはるんか、いいときに来て、もうけたな」

「はよ、竜宮城を見な」

西から来た船か、と加門は小走りで行く男達を見送る。

道の先には、相良城の三重櫓が見えている。

おう、そうか、と加門は腹の中で手を打った。竜宮城と評判をとるほど城を立派にしたのは、このために違いない……噂を聞いた人々は、ひと目見ようと、この港に寄る、そうして人が集まれば、旅籠(はたご)も店も繁盛する、町はにぎわい、領民は潤う……。

加門は街道を振り返った。

藤枝宿(ふじえだしゅく)から出ていた細い道を、意次は整備して街道にしていた。相良の物産を運ぶためでもあろうが、街道があれば東海道(とうかいどう)からの旅人も呼べる。竜宮城の噂を聞けば、旅人が足を伸ばすことだろう……。

加門は腑に落ちて、唇を噛んだ。浅はか者め、と己に言うと、城のほうを見た。すまん、意次、と腹の底でつぶやきつつ歩き出す。

塩田へと足を向けていた。

その頃、江戸城。

「田沼大和守様、上様のお召しです」

そう伝えられ、田沼意知は廊下を進んでいた。

将軍家治には、元服のあと、すでに目通りをすませていた。田沼家の嫡子として認められ、家督は継いでない身ながら出仕することも許されていた。ただ、三十二歳になった今も、父は隠居していないため、部屋住みのままだ。

父が不在のお城でいかなる御用か、と意知は進みながら息を呑んでいた。もしや、お叱りか、と喉が詰まる。父と同じく表と中奥で務めている身であるため、仕事は多岐にわたる。行き届かないことがあったか、と意知は顔を強ばらせた。

廊下で止まると、意知は息を整えた。

呼び出された場所は中奥の御座所だった。

「中へどうぞ」

小姓に促され、座敷に上がると、膝をついた。

一段上の家治から、声がかかる。

「もそっと近うに」

はっ、と膝行していく。

「苦しゅうない、もそっと」

家治の声に笑いが含まれた。

ははっ、と意知はさらに膝行する。

「そう固くならずともよい、面(おもて)を上げよ」

穏やかな声に、意知は少しだけ顔を持ち上げた。

家治が穏やかな目顔で頷く。

「主殿(とのも)によう似ておるな、人柄も似ていると聞いておるが」

は、と意知は恐縮する。父の官名である主殿頭(とのものかみ)から、先代の家重からも主殿、と呼ばれていたのは聞いていた。将軍の口からそれを聞くのは初めてであったが、その心易げな声音が誇らしかった。

「わたしなどまだ若輩ゆえ、父には遠く及びませんが」

意知はやっと肩の力を抜いた。将軍の声音は穏やかだ。お叱りではないようだ、と絞っていた喉も弛んだ。

「ふむ」家治は目を眇(すが)める。

「そなたはよく父の仕事を助けている、と聞いている。主殿も頼りになる跡継ぎがいて、心強いことであろう」

「いえ、畏(おそ)れ多いことです」意知は、少しだけ目を上げた。

「わたしなどではまだまだ力不足……思慮の足りないところもあり、叱られることもしばしばです」

ほう、と家治の声がさらに和(なご)んだ。

「温厚な主殿でも叱ることがあるか、よほど期待をかけているのであろう」

意知は思わず、顔を上げた。

「そうでしょうか……あっ」慌てて顔を伏せる。

「ご無礼をつかまつりました」

家治の声に笑いが混じる。

「なに、かまわぬ、面を上げていてよいのだぞ」

意知はほっとして、畳につけた額を上げた。

開けられた障子から、風が吹き込んでくる。と、くしゃん、という音が隅で起こった。控えていた小姓が慌てて口を押さえる。

家治は振り向くと、「風（風邪）か」と、声をかけた。

「寒ければ閉めてよいのだぞ」

と、障子を目で示す。

「いえ、大事ありません、ご無礼いたしました」

恐縮する小姓に、家治は目を向ける。

「無理はせず、具合が悪ければ下がってよいのだぞ」

「いえ、もったいないお言葉、大丈夫です」

意知はそのやりとりを、そっと目で窺っていた。

「さて」家治が意知に顔を向ける。

「いま少し、話をしようかの、楽にしてよいぞ」

その微笑みにも見える面持ちに、「はっ」と意知は顔を上げた。

家治と初めて目が合った。

相良城の窓から、加門は間近に広がる朝の海原を見渡していた。水平線が長く伸び、その上には青い空が広がっている。きらめく波の上には何艘もの漁船が浮かんでいた。目を眼下に移すと、城下町が見える。縦横に整った道は、京の都を手本にしたと聞いていた。道に沿って屋根が並び、その下を人々が行き交っているのが見える。生き生きとした領民の動きが、遠くからも見てとれた。

　加門は顔を空へと向けた。青空に凧が浮かんでいる。

　源内殿だろうか……。そう目を細めた加門は、ふと気配を感じて、振り向いた。近づいて来たのは意次だった。お付きの者はいない。

「凧か」

　横に並んだ意次に、加門は小声で訊いた。

「源内殿には会わずともよいのか」

「ふむ。会いたいのはやまやまだが、下手に会って、周囲に正体が知れてしまうのはまずい。生きて逃れたことが知れたら、追っ手をかけられるやもしれんからな」

「む、それはそうだな」

　加門は顔を引き締めた。居所を聞いてこっそり会いに行こうか、と考えていたのを、それで打ち消した。

「うむ、生きていてくれさえすれば、それでよい。それに、聞けば、皆から先生だの師匠だのと呼ばれて慕われているらしい。よく揚がる凧の作り方も教えて喜ばれているそうだ」

「ほう、源内殿は客好きゆえ、人が集まってくるのは喜ばしいであろう」

「うむ、今は寺の離れを借りているというから、どこかに庵（いおり）を造るように頼んでおいた。そこで自由に暮らすのが、いかにも源内殿にふさわしかろう」

「そうだな、江戸の暮らしよりもせいせいとして、心も晴れるであろう」

加門が凧を見つめると、意次もそれを目で追った。

「そのうちにほとぼりが冷めれば、会えるやもしれん。なに、どうせまた来るのだ」

「おう、そうだな。次はゆっくりと逗留（とうりゅう）できるとよいな」

十日あまりの滞在で、すでに江戸に戻ることが決まっていた。

「うむ、江戸のお城をそう留守にはできぬがな」

「それはそうか」

加門は頷いて、意次の横顔を見る。なにしろ、天下の老中だからな……。

二人の目が空に向けられる。

遠くの凧が、風でくるりとまわるのが見えた。

四

四月二十八日。

相良から戻った加門は、屋敷で仰向けに寝転んだ。その耳に足音が聞こえて、加門はゆっくりと上体を起こす。

入って来た妻の千秋は、起き上がろうとする夫に微笑んだ。

「あら、お楽なままでどうぞ。お疲れでしょう」

手にした盆を前に置く。湯気を立てる茶に干菓子が添えてある。

うむ、と加門は干菓子を口に放り込んだ。

「いつものような御庭番二人の旅であれば、早足で進めるが、大名行列はそうはいかぬ。田沼家の御加増でさらに行列が立派になったゆえ、なおさらだ」

「まあ、それは大変でしたね。で、いかがでしたの、相良のお城は」

「おう」と加門は笑顔になる。

「豪奢なお城であった。領民から陸の竜宮城と呼ばれていてな、それが知られて遠方からも見物に人が集まっていた」

「竜宮城……まあ、そんなに美しいのですか」

「うむ、天守の姿も立派だし、あちこちに細工を施していてな、手が込んでいる。藩士も領民も誇らしげに見上げていた。相良は東海道から離れているが、あれならば評判が広まって、旅人が足を伸ばすに違いない」

「ああ、田沼様はそれをもお考えの上でお作りになったのですね」

「うむ、旅人は宿を取って飲み食いをし、相良のうまい魚を食うことになる。塩や蠟燭を作っているから、それも土産(みやげ)に買っていくだろう。それによって評判が広がり、相良の名産も知られるはずだ」

「まあ、そうなれば江戸にも入ってくるかもしれませんね、相良藩も豊かになるでしょうね」

「ああ、あのお城はこの先百年、いや二百年と、かの地を富ませていくはずだ。築城は大層な物入りであったろうが、長い目で見れば、それ以上の値打ちはある、ということだ」

「一国一城の主ともなられると、お考えも大きくなるのですね」

「うむ、もともと意次は先の先まで読む力があるが、こたびもあのお城を見て、それを感じ入ったわ」

目を細める夫に、妻も微笑む。と、その顔を巡らせた。

玄関の開く音とともに、

「ただいま戻りました」

と、草太郎の声が響いたからだ。

すぐに足音が鳴り、草太郎がやって来た。

「父上、お戻りでしたか、草鞋(わらじ)があったので、もしや、と……」

千秋はにこりと笑んで、夫を見る。

「話したいことがあるのですよ」

そう言うと、千秋は出て行った。

向かい合って座った息子は、改めて礼をした。

「ご苦労様でした。お疲れでしょう」

「いや、大したことはない」首を振りつつ、息子の顔を見る。

「して、なにかあったのか」

はい、と草太郎は膝行して間合いを詰める。

「あったのです」

「む、なんだ、話してみよ」

「はい、意知殿が上様に呼ばれ、お言葉を頂戴したのです。それも、御座所でのお目通りだったのです」

「御座所、なんと……」

加門は身を乗り出す。

将軍の謁見の場は、決められている。

正月などの御目見得では、大広間に皆が詰める。御目見得といっても、並の旗本身分では顔を上げられるわけではなく、将軍の姿は足元しか見たことがない、というのが普通だ。

大広間とは別に、書院も謁見の場とされている。

白書院は御三家、御三卿、譜代大名などとの謁見の場であり、公式行事の際に使われる。それよりも格上とされるのが黒書院で、行事以外で重臣や大名などが目通りをする部屋だ。

その黒書院よりも格上とされるのが、御座所だ。大広間や書院は城表にあるが、御座所は中奥にある。中奥は将軍の暮らしの場であり、限られた者しか入ることは許されない。そのうちの一室が執務を行う御座所だ。御座所での目通りは、もっとも格式が高いとされる所以だ。

ふうむ、と加門は胸中で思いを巡らせた。父が不在の折に息子を呼ぶとは、上様はどのようなお考えであられたのか……。

「で……」と草太郎は笑顔になる。

「わたしはあとから意知殿から聞いたのですが、上様といろいろとお話しをなさったそうです」

「話し……ほう、そうであったか」

そうか、と思う。なれば、上様は意知殿の人柄を知りたかったのやもしれぬ……。

「意知殿が言うていました、上様は真に情け深いお方だそうです。小姓がくさめをしたところ、風か、と案じられたそうです」

ふうむ、と加門は面持ちを弛めた。

「上様のお情けのことは、わたしも聞いたことがある。以前、大雨が降った日のことだそうだ。近習の一人が落ち着かぬようすで、いくども廊下に立って空を見上げるので、上様は別の者に尋ねられたそうだ、あの者はいかがした、と。すると、伝えられたのが、その家の内情であった。屋敷が古く雨漏りがするため、老いた両親が難儀をしているのではないか、と、雨の日には気にかかって落ち着かないのだ、と。すると、上様は考え込まれて、雨漏りはいかほどで直せるものなのか、とお尋ねになった。百両ほどでできましょう、と答えると、上様はすぐに百両を用意させ、その近習に下されたそうだ」

「へえ」草太郎の目が丸くなる。

「そのようなことが」

「うむ。亡きお父上の家重様も、下の者に大層情け深いお人柄であられた。家臣に不手際があろうとも、決して叱責（しっせき）することがなかったのは、わたしも覚えている。家重様はそれを将軍の心得としてお教えになったであろうし、上様ご自身、父上のなさることをご覧になって、自然、身についたものであろう」

「なるほど」草太郎はその眉を小さく歪めた。

「となれば、家基様もそのようなお人柄であったのでしょうね」

うむ、と加門も眉を寄せた。

お鷹狩りに供奉（ぐぶ）した際の家基の姿が甦（よみがえ）る。

「まだお若かったゆえ、お人柄はさほど固まってはいなかったであろうが、家重様や上様の教えを受け継がれたはず……生きておられれば、同じように情け深い将軍になれらたであろうな」

眉間の皺が深まる。

「惜しいことですね」

消え入りそうな声でつぶやく草太郎に、

「まったくだ」

加門も静かな溜息を吐いた。

五月に入ると旅の疲れも消え、加門は以前の日々に戻っていた。

下城の刻となり、中奥の戸口から出て、城表のほうへと歩いて行く。

表の玄関や戸口からも、ぞくぞくと人が出て来ては、中雀御門(ちゅうじゃくごもん)をくぐって坂道を下っていく。

その御門の手前で、加門は足を緩めた。

二人連れが御門をくぐるところだった。一橋家の当主徳川治済と田安家から陸奥白河藩に養子に行った松平定信だ。

言葉を交わしながら、坂道を下っていく。

加門は間合いをとって、そのうしろを歩いた。

治済と定信は吉宗公を祖父とする従兄弟(いとこ)同士だ。が、歳はやや離れており、治済は三十歳になったが、定信はまだ二十三の若さだ。身分も治済は御三卿ならではの従三位(じゅさんみ)だが、定信はまだ家督を継いでないこともあって従五位下(じゅごいのげ)だ。

しかし、定信は臆するふうもなく、堂々と治済と向き合っている。

加門はそのようすを見ながら、田安家初代であった宗武を思い出していた。やはり誰に対しても臆することなく、常に胸を張っていた姿が鮮明に甦る。

定信の顎を上げて話す横顔に、加門は腹の底でつぶやく。宗武様に一番似ているのは定信様だな……。

定信には同じ側室の母から生まれた兄がいるが、兄弟は幼い頃から大層仲が悪い、と城中でも知られていた。その兄定国は伊予松山藩に養子に行き、去年の七月に家督を継いでいた。

白河藩と松山藩はともに久松松平家だ。久松家は家康の母が再嫁した家であり、家康にとっては親族だが、男系ではないため徳川家の親藩とはされていない。男系の親藩よりも、格が落ちる扱いだ。城中における控えの間も、大名家では並の帝鑑間だった。

しかし、松山の松平家は功績があり、定国を養子に迎えたこともあり、格が上がった。親藩などが控える溜間詰めになったのだ。ずっと以前に、やはり溜間詰めになったことがあったが、ずいぶんと間があいてのことだった。

これを見て、白河の松平家が望んだのが、定信の養子だった。同じように家格を上げようと、藩主が定信を養子にと望み、老中や将軍の許しを得て、実現したのだ。定信は辞退の意を示したが、受け入れられることはなかった。さらに、その後、田安家を継いだ嫡男治察が死去したため、田安家も定信も強く養子の取り消しを求めた。養子を白紙にすれば、定信が田安家を継ぐことができる。が、これもすでに決まったことと、許されることはなかった。

加門は坂を下り、先を歩く定信を離れて見つめた。

将軍家治は尊大な者と己を誇る者を好まない、と知られている。加門は、定信の横顔を見ながら、胸の内で首を振った。賢丸（まさまる）という幼名を持ち、幼い頃から英明と言われた定信は、まさにその双方を持っているように見える。

先を行く二人は大手門（おおてもん）を出た。

加門もあとから付いて出る。

門の前で控えていた家臣が、それぞれの主に寄って行く。

二人は並んで左側へと歩き出した。

おや、と加門はあとを歩きながら小首をかしげた。ここで別れると思っていたのだが、それが外れたのが意外だった。左側に進めば一橋家の屋敷がある。

そうか、一橋家に行くのか……。加門は思いながらそのまま付いて行った。二人のようすを共に見られる機はあまりない。

しばらく進んで、加門は「え」と声を出しそうになった。定信が向きを変えたのだ。向かったのは田沼意次の屋敷だった。

五

梅雨空（つゆぞら）に薄闇が広がりはじめた刻、加門は田沼家を訪れた。

「あ、お久しぶりです」

出迎えた意知が笑顔になった。

「おう、ますます立派になられたな」

目を細める加門を、意知は「どうぞ」と奥へと案内する。

「父はもうしばらくすれば戻るはずです」

「いや、突然、来たのだ、ゆっくり待つことにする」

加門が座ると、意知も向かい合った。

「では、それまでわたしが」

「うむ、こうして話すのは久しぶりだな。上様のお目通りのこと、草太郎から聞いていたのだ。御座所にお召しいただき、言葉を交わしたとは、めでたいことよ。いや、上様が意知殿に期待しているということであろう」

いえ、と意知は照れた笑いを見せる。

「叱られるのではないか、と案じていたのですが、上様はおやさしく、安堵いたしました。草太郎殿が噂を聞きつけて訪ねて来てくれたので、わたしも伝えたくて、話をしたのです」

「ふむ、草太郎も我がことのように喜んでいた」

「はい、友のありがたさを感じました。いずれ、わたしが相良に行く折には、草太郎殿にも同道してもらおうと思っています」

「ほう、それはよい。相良の城は真に見事であった。領民も晴れやかであったし、この先、よい国になっていくであろう」

「ええ、父はまず、民を富ませることが大事、と申しております。それが国の豊かさにつながる、という考えで、わたしもその手伝いができればと思うております」

「手伝いどころか、いずれは意知殿が藩主になられるのだ。意知殿ならば、父上の敷いた政をますます固めていくことができよう」

はあ、と意知は笑みを湛(たた)えて頷く。

「そうできればよいと……わたしもいろいろと考えていることがあるのです。船を造り、廻船問屋(かいせんどんや)を開いてはどうか、と。相良は江戸と上方(かみがた)を結ぶ海の街道のようなものですから、その要所に廻船の港を置けば、発展するのではないかと思うています」

「ほう、それはよい考えだ」

「それに、造船を盛んにしていけば、より大きな船を造る技が得られます。いずれは、相良の海から外国へ漕ぎ出す船を造ることもできましょう」

「ふうむ、外国か、それもいずれは大事な道筋となろう」

加門は頷いて、しみじみと意知の顔を見た。

意次がかつて語った言葉が思い出される。

〈倅はわたしよりも世を見る目が広く、才がある。御政道のことは、一代ではなすことはできないが、意知が引き継いでくれれば、わたしの考えを必ず、形にしてくれるだろう〉

聞いた当時は、親の贔屓目、と感じたことも思い出した。

だが、今は考えが違っていた。確かに、この意知殿は才豊かで器が大きい。父のあとを継げば、さらに大きなことを成し遂げるだろう。上様もそれを感じ取ってくださったのなら、いずれ御政道への参画を認められるだろう。そうなれば、世が大きく動くかもしれん……。

そう思うにつれて、加門の面持ちが弛む。

意知はさらに口を開こうとしたが、それを閉じた。

表から意次の声が聞こえてきたからだ。

「父が戻ったようです、知らせてきます」

意知は立ち上がって、廊下へと出て行った。


「待たせたな」

着替えた意次が、加門の向かいに座った。

「いや、前触れもなく来たのはこちらだ」

「ふむ、なにか用ができたか」

「用というほどでないのだが……」加門は声を落とした。

「先日、たまたま松平定信様がこちらに入って行くのを見たのだ。で、ちと気にかかってな、こうして訪ねたというわけだ」

「ああ、そのことであったか」意次は茶を啜る。

「定信殿は前にも来たことがあるのだ。白河藩への養子を取り消しにしてほしい、と談判（だんぱん）しに来てな」

「そうであったか」

「うむ、まあ、田安家におられた頃からお城ではいくども顔を合わせていたし、挨拶はしていたからな。あちらも言いやすいと思うたのだろう。わたしの意見など力は持たないゆえ、皆様にお伝えする、と返答したのだがな」

「ふうむ、なるほど、では、こたびもなにか談判であったのか」

「うむ、白河藩の家格を上げてほしい、ということであった。いまだ帝鑑間詰めであるから、溜間にしてほしい、と」

松山藩は兄の定国が養子に入ってから帝鑑間詰めから溜間詰めに昇格したが、白河藩は定信が養子に入って以降も変わらないままだった。

「そうか、養父の定邦(さだくに)殿の要望であろうな」

「うむ、定邦殿から頼んでくれと言われたか、忖度(そんたく)して自ら動かれたか。どちらにしても、わたしの一存でどうなるものではない。そもそも松山藩は、過去に溜間詰めになった実績がある。こたびも、先代の定静(さだきよ)殿の功績があったゆえの昇格だ。御養子だけのことではないのだが、そのあたりがどうにも腑に落ちておられぬようでな」

眉間を狭めた意次に、加門も「ふうむ」と眉を寄せた。

「談判すれば通る、と思うているなら、困ったものだな」

おそらく、と加門は推し量(おはか)った。黄金の入った菓子折を持参したことだろう。役人への頼み事は賄で通る、と町では噂が広まり、それは武家にも伝わっていた。

ふう、と意次は息を吐いた。

「どうも、勘違いされるお方が多くて困る。町人や商人の願い出は、わたしが取り上げることもできるが、武家のことなど、わたしが決められることではない。だが、そちらにしても嘆願すれば通る、という思い違いが広まっているようで、どうしたものか、と悩んでいるのだが」

ううむ、と加門は口を曲げた。

「そうさな、困るな……して、定信様の用件はそれだけであったのか」

窺うように眉をひそめる加門に、意次は苦笑した。

「その件以外にも、いろいろと話されていった。御政道に関する知識を披露し、ご自身の意見も述べられた」

「己がいかに、優れているか、ということを示したのだな」

「まあ、そういう意図であったのだろう」

「うむ、ゆえに我こそが将軍の跡継ぎにふさわしい、と」

思い切った加門の言葉に、意次は苦笑を深めた。

「おそらく、な」

「ふむ、して、どうなのだ。定信様の目はあるのか」

ううむ、と意次は天井を見上げる。

「兄の定国様はすでに家督を継がれているから、もう目はないといってよいだろう。だが、定信殿はまだ白河家を継いだわけでないから、養子を取り消すことはさほど困難ではない」

「そうだな。そもそも養子は誰がなってもいいのだ。しかし、将軍家のお血筋となると、それを継ぐお人は限られている。となれば……」

声を呑み込んだ加門に、意次も頷く。

「うむ、我こそが、と考えたとしても、さほど不思議ではない」

ううむ、と加門は腕を組んだ。やはり、か、と思う。

「田安家の将軍の座への執着は、二代目に受け継がれているのかもしれないな」

意次は黙って頷いた。

加門は、ふうと息を吐いた。

「家格だの血筋だの、武家というのは、つまらぬものに捕らわれておるものだ」

「おう」意次の口が開く。

「ことがあるたびに、それを思う。それが人の才に蓋をし、人の力を削ぐのだ。生まれから離れて人を見れば、多くの才を見い出せるものを」

加門は相良城を思い出した。

「築城をまかせた井上伊織殿は、立派に成し遂げたな」

「うむ」意次が目を見開く。

「期待した以上の働きをしてくれた。百姓身分の者にも、ああした才を持つ者がいくらでもいるに違いない。わたしはもっと、身分に捕らわれぬ家臣を増やしていくつもりだ。それが、世を変えてゆく、と思うておる」

「おう、変えるであろうな、それを意知殿も受け継いでくれよう」

「うむ、密かにそう期待している」

意次の晴れやかな笑顔を見つつ、加門は庭に耳を向けた。雨が地面を叩きつける音が聞こえてきていた。

「本降りになりそうだな、帰るとしよう」

御庭番の御用屋敷は坂を下った所にあり、大雨が降ると坂は水の道となる。

「うむ、我らも歳だからな、転ばぬように気をつけろよ。今年は大雨が多いゆえ、早く戻ったほうがいい」

おう、と加門は立ち上がった。

「また来る」

うむ、と意次も頷いた。

安永九年も半ばが過ぎようとしていた六月。

大雨が続き、下旬には関東の川が氾濫した。

上流の利根川、荒川、戸田川の水が溢れ、江戸を流れる大川にも洪水は及んだ。

多くの家と人が流され、新大橋と永代橋も激しい水流に壊された。

昨年まで続いていた大島三原山の噴火は、江戸にも被害をもたらしていた。最後の大噴火は江戸の家々をも揺らし、障子や襖を飛ばすほどだった。それが鎮まったあとに、やって来たのが水害だ。さらに質の悪い風も広まり、江戸の人々は疲弊していった。

安永は安寧を願っての号だった。その前の明和の世には災害や流行病が続いたために、風向きを変えようと、安永と変えられたのである。しかし安永になっても、災害は続いていた。

安永十年となった四月二日に、号は変えられた。

新しい世は天明と号された。

第四章　天変

一

　天明元年（一七八一）、四月十五日。

　将軍家治の下命によって、臨時の役が設けられた。

〈御養君御用掛〉というその役は、老中田沼意次、若年寄酒井忠休、留守居依田政次の三人に課せられた。最高位の老中がその中心となり、お世継ぎの選定作業がはじまったのだ。

　加門は本丸中奥を出て、すぐ横の石垣を上った。

　石段はさして多くない。が、上に立って下を覗くと、外側は切り立った高い石垣になっているのがわかる。真下には白鳥濠があり、その向こうは二の丸だ。本丸は最も高い場所に立っており、城の中でも高低差が激しい。

加門は石垣の上から、町を見まわした。

北から東、そして南まで、江戸の町が見渡せる。東の江戸湾の向こうには、房州の半島も見えた。

加門は目を近くへと移す。大手濠の向こうには一橋家と並んで田沼家の屋敷がある。その大きな屋根を眺めながら、加門は胸中で独りごちた。

御用掛が三人いるとはいえ、身分からいえば、お世継ぎ選びは老中の意次の考えに頼ることになろう。上様は意次にまかせた、というのが本当のところだろう。が、それは御用掛の三人を見れば誰にも明らかなこと。お世継ぎを決めることで、意次がよけいな恨みを買わなければよいが……。

御用掛の任命から、すでに半月以上が経っている。が、選定作業の動きは聞こえてきていなかった。

考え込む加門の背に、「父上」と声がかかった。

石垣を草太郎が上ってくる。

おう、と顔を向けた加門に、草太郎は「よいですか」と横に並んだ。

同じように田沼家の屋根を見ながら、草太郎は言った。

「実は先日、意知殿を訪ねてお屋敷に行って来たのです。寄れと言われていたので」

「ほう、そうであったか。意次には会うたか」

「いえ、意知殿も顔を合わせない日が多いそうです。ずっと奥の書斎にこもられて、考えごとをなさってらっしゃるそうで、側近の三浦殿や井上殿さえも遠ざけておられるそうです」

「ふうむ、そうであったか」

加門は改めて田沼邸を見る。

お世継ぎを決めるというのは、天下の行方を決めるのと同じこと。軽々に判じることなど、できようはずはない……。

黙り込む父を、草太郎は覗き込む。

「徳川家のお血筋のどこまでが、お世継ぎ候補として上げられるのでしょう」

「ふうむ、そこが難しいゆえ、時がかかっているのであろう。御三家、御三卿のみならず、親藩の男子も考慮に入れているのではないか。将軍ともなれば、継いだのちの実家とのつながりも重要だからな。不届き者がいるような家とうかつにつながれば、のちの災いともなるゆえ、避けねばならん」

なるほど、と草太郎はつぶやく。と、そっと首を伸ばして顔を寄せた。

「意知殿に聞いたのですが、清水家の御家臣がたびたびお屋敷に来ているそうです」

　ふうむ、と加門は眉を寄せる。

「わたしも意次に聞いた。重好様を御養子に、と言上しているらしいな。意外な伏兵、というところか」

「やはり、そうなのですか。清水様は恬淡としたお姿しか拝見したことがないので、意想外でした」

「うむ、むろん、重好様の御意向ではあるまい。こうした養子話は、本人の意向とは別の所で動くものだ」

「なるほど……重好様、という道はあるのでしょうか」

「お血筋からいえばふさわしい、と言えよう。家重様の御子で上様の弟君なのだから、将軍の座に一番近い所におられるお方だ。だが……」

　眉を寄せる父に、草太郎は頷く。

「三十七歳というお歳、そして、御子がおられないことが……」

　うむ、と加門は頷く。

「そのお歳で御子がおられぬのであれば、この先もどうなるか……先々、また御養子の問題が生じることを考えれば、ためらいが生じるであろう」

「では、田安家から養子にいかれた松平定信様はどうなのですか。未だに城中でそのお名前がささやかれるのを聞くのですが」

「ふうむ、目は残っているだろうな」

へえ、と草太郎は城下を見る。

「あ、では、一橋家の治済様はどうなのでしょう。すでに男子がおありゆえ、跡継ぎの心配なく、御養子に行けるのでは……」

「うむ、わたしは一番ありうるのはその道ではないかと思うている。まだ三十一歳の若さゆえ、この先も御子を儲けることができよう。いや、すでに男子が幾人もいるのだから、お世継ぎの心配はない。それに……」

加門は声をささやきに変えた。

「傲岸な気味のある定信様と違って、治済様は尊大なところがなく人当たりもよい。上様も否、とは仰せにならないだろう」

なるほど、と草太郎は口中でつぶやいた。

「一橋様は温和な方だと、意知殿も言うていました。意致様からも常日頃から、人にお気遣いなさるよいお人柄だ、と聞いているそうです」

一橋家家老を務める田沼意致は、意知と従兄弟同士だ。

「ふむ、そうか、田沼家とは日頃からつきあいも深いようだし、気心は知れているのだろうな」

加門は目の下に並んだ一橋家と田沼家の屋敷を交互に見た。

「まあ、いずれにしても」加門は面持ちを弛めた。

「我らが考えることではない。御養君御用掛がおられるのだ。我らはその決定を待つのみのこと」

「はい、そうですね」

草太郎も肩を下げた。

「さ、戻るぞ」

そう言って身をまわした加門の目に、西の丸御殿の屋根が映った。

まさか、このようなことになるとは……。

主のいなくなった御殿を見つめ、大きく顔を逸らす。

草太郎も、じっと西の丸を見つめていた。


五月二十七日。

将軍御養子決定、の触れが出された。

御庭番の詰所に飛び込んで来たのは、吉川孝次郎だった。

「今、表で聞いて来ました、お世継ぎは一橋家の豊千代様に決まったそうです」

その言葉に、皆が顔を見合わせる。豊千代は治済の長男だ。

「豊千代様、治済様でなく、か」

「なんと」

「豊千代様はおいくつであられたか」

「確か、九歳かと」

仲間のささやきを聞きながら、ううむ、と加門は唸った。一橋家が有力とは思っていたが、まさか豊千代様とは……。

「父上」草太郎が寄って来た。

「意外でしたね」

うむ、と加門は腕を組んで考え込んだ。

上様は四十五歳、まだご息災であられる。豊千代様が元服される頃には五十歳を迎えられるが、病もないお身体ゆえ、障りはないだろう……。

「考えてみれば」仲間の声が上がった。

「豊千代様はお健やかと聞いている。九歳であれば、この先、将軍として必要な学問や素養も、するすると身につけられるであろう。お世継ぎとしてはちょうどよいお年頃かもしれん」

「ふうむ、確かに、優れた将を育てるには早いほうがよいであろうな」

「年を重ねた人は、なかなか変わりにくいものだ」

言葉が飛び交いはじめる。

加門は一人、天井を見上げていた。

下城の刻が過ぎて、静かになった廊下を加門は進んだ。

そっと意次の部屋に入る。

表では老中、中奥では御側御用人を兼務する意次は、常に多くの仕事を抱え、泊まり込むことすら多い。

いつものように少しだけ襖を開けて、加門は戻りを待つ。

やがて、足音が近づき、それが速くなって襖が開いた。

「おう、加門、来ていたか」

は、と常ならず畏まる加門に、意次は目顔で頷いた。

「御養子のことであろう、驚いたか」

　黙って頷く加門に、意次は声を落とす。

「いや、熟考に熟考を重ねたのだ。その上で豊千代様が最適、と思うてな」

「うむ、わたしも聞いてからずっと考えていた。てっきり、治済様になると思うていたのでな。が、考えてみれば、治済様となれば、なにゆえ重好様や定信様ではないのか、という意見も出かねない」

「そうなのだ」意次が我が意を得たり、という面持ちで頷く。

「だが、豊千代様であれば、その並びから外れる。田安家にも清水家にも御子はいないのだからな」

「やはり、そういう考えであったか」

「ああ、それに歳若いお方のほうが、お世継ぎとして養育するにはよい。これから西の丸でお育ちになれば、立派な将軍跡継ぎになろう」

「うむ、ただ、気にかかったのは、将来、跡継ぎを得られるかどうか、ということだ。御子のない重好様のことがあるゆえ」

「おう、それはわたしも案じたのだ。なので、意致を通じて、一橋家の医者に意見を聞いてみた。したら、お健やかで案ずるようなことはない、と断じていた。医者は乳飲み子の頃から、体中を見ているからな」

「そうか」

加門はほっと息を吐いた。が、その眉を寄せた。

「しかし、治済様はご不満を示さなかったのか。城中では、跡継ぎは治済様に決まるのではないか、という声が一番多かったようだ。それは耳にも入ったであろうし、その気になられていたのではないか」

ふむ、と意次は声を落とす。

「確かに、我が屋敷にも見えられ、御政道のことなど語られていた。将軍の器であることを示されているのだ、と聞いているこちらにもわかった。お父上の宗尹様は、御三卿では最も低い扱いを受けていたことにご不満があったろうし、治済様も父君のお気持ちを受け継がれたことであろう」

御三卿のうち、田安家と清水家は内濠の中に屋敷を与えられたが、一橋家の屋敷は内濠の外だ。

「うむ、親御の遺志を受け継ぐ、というのは田安家にも見てとれるからな。将軍になり損ねた宗武様のご不満を、定信様は明らかに受け継いでおられる」

「そうであろう、そのあたりもさんざんに考え抜いたのだ。治済様になれば、他家が黙ってはおるまい。で、浮かんだのが豊千代様であった。もっとも、考えがまとまってから、すぐに治済様に打診をしたのだ、豊千代様ではいかがかと」

「ほう、そうであったか」

「うむ、親御様の意も確かめずに、勝手に決めるわけにはいかぬからな。したところ、はじめは驚かれていたが、しばし考えたのち、笑顔になられた。それはよい、と仰せになってな」

「ふうむ、同意されたのだな」

「ああ」意次は頷く。

「治済様は胸を張られて、今後は豊千代を補佐するゆえ心配は無用、とまでおっしゃった。上様にもそれを内々に言上して、御意向を伺ったところ、それでよい、と仰せになったのだ」

なるほど、と加門は肩の力を抜いた。

「いや、よくわかった、しかし、大役であったな」

「うむ、こたびは真に、胃の腑が痛くなった」

苦笑する意次に、加門は礼をした。

「すまない、疲れているところ、邪魔をしてしまった」

腰を浮かせる加門に、「いや」と意次は手を上げた。

「わたしもちょうどそなたに用があったのだ。そなた、老中首座の松平輝高様を存じておろう」

「うむ、といっても、お姿を拝見するだけだが」

「実は、あのお方に相談を受けてな」

「相談」

「うむ、それでそなたの名を伝えておいた。近々、お呼び出しがあろうから、話は直々に聞いてくれ」

は、と加門はまた畏まった。ということはお役目か……。

頼んだぞ、と語る意次の目顔に、加門は頷いて立ち上がった。

二

輝高の部屋に呼び出された加門は、深々と低頭した。

家治は滅多に御庭番を使わないため、近年は老中から御下命が多い。が、これまで輝高からお召しを受けたことはなかった。

「よい、近うに」

輝高の掠れた声に、加門は膝行して間合いを詰めた。五十七歳という年齢にふさわしい皺が、見てとれる。その皺が動いた。

「そなた、一揆の件でいくども遠国御用に出たそうだな。伝馬騒動の際にも、探索に当たったと田沼殿より聞いたのだ。よい働きをした、ともな」

「いえ、お役目を果たしただけで」

加門は顔を伏せつつ、その折のことを思い出していた。

明和元年（一七六四）。中山道沿いの武州、上州、信州の百姓に、税の一つである伝馬の増税が課された。百姓衆はその負担の大きさに反発し、大きな一揆に発展したのが伝馬騒動だった。二十万とも言われた人々が、公儀に直に抗議をしようと江戸を目指し、各地で騒乱が起きた。その一揆勢の勢いを知らせると、驚いた公儀は増税を取り消し、騒動は江戸乱入の手前で治まったのだ。

「実はな」輝高は息を吐く。

「我が、高崎藩で新たな運上を課したのだ。領地の町人と商人からの嘆願があったゆえ、それを許したのだが」

なるほど、と加門は得心した。

松平輝高は、高崎藩主だ。高崎藩は武州の先、上州の上野国に位置する。そして、輝高は藩主であると同時に老中首座であり、勝手掛を兼ねている。老中首座が公儀の勘定を司る勝手掛を兼務するのは、長年の慣習だ。勝手掛としての面目から、国の税収を上げようとしたのだろう。

「だが……」聞き取りにくい声がさらに小さくなる。

「領民が反対をして、騒動になっているらしい」

「すでに騒動が起きているのですか」

加門の問いに、輝高は小さく頷きつつ、その首をかしげた。

「らしい、のだ。国許からの知らせでは、そのあたりがはっきりとせぬ。ゆえに、そなたに赴いて調べてほしいのだ。いや、そなた自身が行かずともよい、若い者を遣わすのでもかまわぬ、どうだ」

ふうむ、と加門は思う。おそらく、すでに一揆のようなことは起きているのだろう。国許ではそれを抑えることができていないため、藩主に知らせることを憚って曖昧にしているに違いない。これは急いだほうがよい……。

「わたしが参ります」

加門はきっぱりと言った。

「さようか」輝高の顔がほっと弛んだ。

「いや、田沼殿が勧めるそなたが行ってくれれば、安心だ。頼んだぞ」

「はっ、では、早速に」

加門は礼をすると、大きく頷いて立ち上がった。


中山道を加門と草太郎は歩き続けていた。

町人姿で、背に負った箱には、あめ、と書かれている。

「飴(あめ)というのは結構重いものですね。飴売りは初めてです」

息子の言葉に加門は、小さく笑う。飴売りは御庭番が姿を変える際に、よく用いられる変装の一つだ。

「うむ、我らはいつも薬売りだからな。だが、中山道は以前に薬売りとして来ているから、覚えている者がいるかもしれん。それに、飴売りも冬であれば、これほど重くはならないであろう」

七月に入ったものの、まだ夏の名残(なごり)のある陽射しが、頭上から照りつける。額や首筋から、汗が筋となって流れていた。

よっ、と草太郎は荷を負い直す。箱に入っているのは、溶けやすい飴玉ではなく、粉を振った切り飴と、小さな瓶に入った水飴が主だった。

「あ」と草太郎は手を上げる。

「町が見えてきました。高崎でしょうか」

「そうだな、そら、高崎城も見える」

「大きそうな町ですね」

中山道と日光例幣使街道が交わる高崎は、江戸を守る要所として栄えてきた。譜代の有力大名が代々藩主となり、高崎城の威光を守ってきている。

「運上というのは、かなりの高なのですか」

「ふむ、確かめたところ絹の反物一疋につき銀二分五厘、絹糸百目につき一分、真綿一貫につき五分が課せられている。それを買った者に払わせる仕組みだそうだ」

「なるほど、絹はこの辺りの名産ゆえ、そこに運上をかければ、大きな収益が見込まれるわけですね」

「うむ、それを当て込んで一部の町人と商人が考え出したらしい。それを嘆願したところ、輝高様が許しを出された、というわけだ」

「伝馬騒動のときと同じ仕組みですね。一部の者が儲けを狙って増税を目論み、大勢の領民がその仕組みに巻き込まれる、と」

「うむ、こたびの運上では、これまで買いに来ていた商人がまず反発して、買うのをやめたそうだ」

「それは、売る側はたまったものではありませんね」

「ああ、それゆえ、絹を作る者、売る者も反対して騒動になっているに違いない」

二人は町の手前で足を止めた。街道の両脇には、村々が広がっている。村の農家の多くに蚕屋があり、蚕が飼われているのがわかった。

その村の片隅で、集まっている人影が見えた。家の陰で、男達が顔を寄せ合っている。村の百姓衆が集まっているらしい。

加門は「行ってみよう」と息子にささやく。

物陰からそっと近くに寄ってみると、険しい顔をした男達が、言葉を交わしているのが見てとれた。

男らから見えないように、家の陰に隠れて近づいて行く。声が聞こえてきた。

「町の改所はつぎつぎに建っているっつう話だ。ぼやぼやしていると、手の打ちようがなくなるんでないか」

「おう、いっそ改所を壊しちゃどうだんべ」

「そっだな、みんなでなだれ込めばできんべえ」

「いっそ、江戸に押しかけちゃどうだんべ、運上をやめてくれって、直訴すっだ」

加門は息を殺す。

改所は運上の取り立てを行う会所だ。すでに、十箇所の改所が建てられている、と加門も聞いていた。

やはり、すでに一揆になりかかっているな……。

加門は横の草太郎と目を合わせた。と、うしろから声が飛んだ。

「おい、なにしてるだ」

鍬を手にした老人が近寄ってくる。

その声に、男達がいっせいにこちらを見た。二人に気づき、男らは向きを変えて、睨みつけた。

「なんだいね、おまえさんらは」

「はあ」加門は抜けた声で答える。

「飴売りなんですが、飴、どうですかい」

飴だと、と、男達が寄って来る。

「その二人」老人が指でさした。

「ずっとそこに立ってんだ」

なんだと、と男らが足を踏み出す。

「なにをしてたんだいね」

いやぁ、と草太郎が進み出る。

「なにかお話ししてたようだったんで、終わるのを待ってやした」

草太郎は背中の箱を下ろす。

「で、どうでしょ、飴は……」

辺りを見まわして、家の中に子供の姿を見つけると「おうい」と、手を振った。

「飴だよ、おいで」

子供らは飛び出してくる。

「こらっ」

と、母親が追いかけてくる。が、大人の制止を聞かずに、子供らは駆け寄って箱を覗き込んだ。

草太路は小さな箱を取り出し、蓋を開けて中を見せた。白い切り飴が入っている。

子供が手を伸ばして、そのうちの一つをつまみ上げた。

「だめだ」

その手をつかんで、男が草太郎を睨んだ。

「飴を買うような銭はねえ、行ってくんな」

その剣幕に、へえ、と草太郎は箱の蓋を閉める。

男が「そら、戻せ」と飴をつかんだ子供の手を突き出すと、草太郎は首を振った。

「そいつは上げますんで、どうぞ」

泣きそうになっていた子供の顔がほころぶ。が、今度は周りの子供らが、泣きそうな顔になった。

「そうだ」加門も箱を開けると、中から小さな瓶を取り出した。

「これを草鞋（わらじ）と取り替えてもらえませんかね」

「草鞋だぁ」

「へえ」と加門は己の足を持ち上げた。

「そろそろだめになりそうなんで、新しいのを探していたんで」

「ああ、そんなら」

母親が家に走り込むと、手に草鞋を持って戻って来た。

「これで、どうだべ」

二足の草鞋をぐいと差し出す。

「ああ、こりゃあ、いい」

加門はそれを受け取ると、水飴の瓶を差し出した。

見上げていた子供達がいっせいに笑顔になる。女が蓋を開けてみせると、子供らの歓声が上がった。

男達は面持ちを弛めながらも、首を振る。

「さあ、もういいだんべ、とっとと行ってくんな」

「へい」

と加門と草太郎は荷を負って歩き出す。

足早に村を出ると、再び、街道を進んだ。

町に入ると、役人の姿が目に付いた。

棒を持った役人が、辺りを見まわしながら歩いている。

「すでに不穏なようすですね」

草太郎のささやきに、加門は頷いて歩き出す。

目だけを動かして、周囲を見まわすと、「見ろ」と加門は目顔を路地に向けた。

陽の当たらない路地で、町人が数人、顔を寄せ合っている。

「百姓衆だけではなく、商人も動いているな」

その前を通り過ぎて、二人は大きな辻で立ち止まった。

「ここで少しようすを見よう」

箱を前に置いて、蓋の上に切り飴や水飴を並べる。

「飴ぇ」と草太郎が声を上げた。

「甘い飴だよぉ」

「おや、飴だ」

立ち止まった男の二人連れが、水飴の瓶を手に取った。

「一つ買っておくべえか、この先、どうなるかわからねえからな」

「そっだな、菓子なんぞ、食えなくなるかもしんねえ、一つ、もらうべえ」

へい、と銭を受け取りながら、草太郎は小首をかしげた。

「菓子が食えなくなるってのは、どういうこってすかい」

ああ、と男達は顔をしかめる。

「絹一揆（きぬいっき）が起きそうなんだ、そうなったら、街道が塞がれるかもしんねえんだ」

「絹一揆」加門が首を伸ばす。

「そりゃあ、あれですかい、新しくかけられた運上がきついからってやつですかい」

「ああ、そんだ」男が頷く。

「そんで、買うほうが手を引いて商売が止まっちまってな、絹に関わるもんらはとんでもねえことになってるだよ」

「んだ、おれらだって、他人事じゃねえだ。城下でも村でも、金のまわりが止まったままで、にっちもさっちもいかねえ」

二人は渋い顔で頷きながら、去って行った。

道には西陽が差し、影が長く伸びていた。

お、と加門は肘で息子の脇腹をついた。

「見ろ」

目の前を路地にいた町人が歩いて行く。

加門は伝馬騒動のことを思い出していた。一揆の決起の際、人々は夜、河原に集まっていた。

「あとを付けよう」

荷を負うと、二人はゆっくりと町人の背中を追った。

着いた先は、町外れの稲荷の杜だった。

境内に、人々が集まっている。百姓衆や町人が入り交じっていた。

二人は木陰に荷を置くと、その人の輪に入り込んだ。

「みんな、聞いてくれ」前に立った男が声を張り上げる。

「まずは運上を願い出た者らをやっつけるべえ。順に屋敷を打ち壊すだ」

「おぉう」

大波のような声が上がる。

「そのあとは役所だ。陣屋に押しかけっぞ」

「おう、改所も壊すべえ」

声とともに腕も上がる。

「言いなりになってちゃ埒が明かねえ」

「そんだ、黙っていりゃ、役人はいい気になるだけだで」

「いっそ、直訴しちゃどうだんべ」

「おう、江戸に行くべえ」

「いんや」と前の男が手で制す。

「陣屋でだめなら、次はお城だ、順に攻めていくんだ」

おう、と皆の腕が上がる。

加門は草太郎に目顔を送って、踵を返す。

「出よう」

向きを変えて、人のあいだを縫って行く。と、

「おい」

と、腕をつかまれた。

「どこ行くだ」

反対から男が首を伸ばす。

「おまえら、どこのもんだ」

加門は目を見開いて、口を開いた。

「こんな大事な話……みんなに集まるように知らせに行くんで」

おう、と男はつかんでいた手を離す。

「そっか、ならば早く知らせてこい」

ああ、と加門は人の輪から抜ける。

置いていた荷を背負うと、加門は地面を蹴った。

「江戸に戻るぞ、猶予はなさそうだ」

「はい」

草太郎も早足になる。

二人は江戸へ向かって、中山道を踏みしめた。

三

江戸城。

加門の報告を聞き終えた輝高は、口を震わせた。

「なんと、そのような騒動になっておるのか」

「はっ、すでに一揆が起きているといってよいでしょう」

ううむ、と輝高が上を見て、下を見る。

「こたびの運上は決めてまだ日も浅い、御公儀のお許しも得たというのに、すぐに取り消すなどと……」

目を泳がせながら、つぶやく。

勝手掛としての面目が潰れることを案じておられるのだろう、と加門は腹の中で思う。しかし、面目を追えば、大事になりかねない。すぐにでも、運上取り消しを発布されたほうがよい、という言葉が喉元に上がってくる。

が、それを口にすることはできなかった。意見を言うことは、御庭番の職分を越えている。

四方に動かす輝高の目が、加門と合った。すがるような目に、加門は顔を伏せる。

このお方は、と密かに思う。勝手掛、いや、老中首座も重荷なのかもしれない。名門に生まれたがゆえに、このような重責を負わざるをえなかったものの、荷が勝ちすぎているのだろう……。

加門はゆっくりと顔を上げた。

「事態は逼迫（ひっぱく）しているように見受けました」

それを言うのが精一杯だ。

「う、うむ」

輝高は拳を握る。

「あいわかった。ご苦労であった」

その言葉に、加門は礼をする。

「失礼いたします」

言いながら窺った輝高の顔は、引きつったように揺れていた。

西の丸が見える木陰に、加門は立った。

将軍御養子に決まった豊千代は、一橋家からこの西の丸御殿に移っていた。西の丸にも表と中奥、大奥がある。中奥に面しては庭もあった。その庭に、豊千代の姿があった。生母のお富の方が側に付き添っている。

ほう、と加門は、しっかりとした足取りで庭を歩くお世継ぎのようすに目を細めた。豊千代の姿を見るのは初めてだった。聞いていたとおり、お健やかそうなお姿だ……。

そこに現れた男に、加門は思わず「おっ」と声を洩らした。

岩本正利だ。お富の父である。

正利は膝をつくと、手にした弓矢を豊千代に差し出す。豊千代がそれを受け取り、うれしそうな笑顔になったのが、遠くからも見てとれた。お富も父と言葉を交わしている。

しばらくして、正利は孫に深く低頭して、踵を返した。

加門は正利の行く手に早足で行く。

正利もそれに気づき、立ち止まった。

「おう、これは宮地殿」

岩本家は、田沼家や御庭番十七家と同じく、吉宗が紀州から連れて来た家臣だ。ために、仲間としての絆も強く、ずっとつきあいも続いている。

　出世は宮地家のほうが早かったが、今では岩本家はお富のおかげで出世していた。根が謙虚な正利も、今では胸を張って加門と向き合う。

　加門は正利に、礼をした。

「こたびは真にめでたいこと、すぐにお祝いを、と思うていたのだが、遠国御用で留守にしていたので、遅くなった」

「いや、そのようなお気遣いはご無用」満面の笑顔になって、正利は加門を見る。

「わたしとて、まさか娘が将軍のご生母になるなど夢にも思うておらず、未だに朝起きると、真に現(うつつ)か、と頬をつねってみるのだ」

「うむ」加門も笑顔になった。

「わたしも正直、驚いた。天に昇るに等しい出世だ、仲間として誇らしい。これからは、岩本殿もお世継ぎ様のお爺様……なんともよい響きではないか」

「いや、わたしなど畏れ多い」正利は手と首を振って、照れた笑いを隠す。

「ああ、だが、これもそれも田沼様のおかげ。わたしはもう、お屋敷に足を向けて寝られん」

　お富を一橋家の側室として選んだのは意次だった。治済から側室を置きたい、と相談を受けた意次が、大奥務めをしていたお富を薦(すす)めたのだ。治済はそれを受け、お富を屋敷に招き入れた。ほどなく懐妊したお富は長男豊千代を産み、続いて力之助も産んでいる。

「お富殿もこちらの大奥に移られたとは、安心だな」

「うむ、まだ九歳では母がいたほうがよかろうと、一橋様がお心遣いをくださったようだ。一橋家には乳母もいるし、ほかの御側室もおられるゆえ、子らの心配はいらぬようだ」

「そうか。いや、豊千代様は将軍となられるお方だ、母御の慈しみがあったほうがよいに決まっている。お心が強く育つかどうかは、周りからの温かな心をどれだけ受けたか、ということでも左右されるからな」

「ほう、なるほど、確かにそうかもしれんな」

　正利は庭へと顔を巡らせる。

　豊千代は母や奥女中らに囲まれ、楽しそうだ。

「なれば、あの歳頃からああして大事に育てられるのは、お世継ぎとしてもよいことなのだな。一橋家にいた頃から、あまりに大事にされすぎて、ちと心配だったのだ。なにしろ、我らははじまりがさしたる身分ではなかったからな、あまりの違いにたじろいだのだ」

ははは、と笑う。

「確かに、我らの暮らしとは天と地の違いだ」

加門もつられて笑いながら、西の丸御殿を見やった。

「主がいると、御殿も違って見える。お城の者、いや、江戸中が安心していることであろう」

「うむ」

目を細めて御殿の屋根を見上げる正利に、加門は小さく腰を折った。

「いや、邪魔をしてすまないことであった」

「なんの、宮地殿と会えてよかった、いずれまた、ゆっくり話しでも」

正利は笑顔で歩き出す。

それを見送って、加門は笑顔を閉じた。

勝ちがあれば負けがある……。そう心中につぶやきながら、加門は城の外へと出た。

八丁堀（はっちょうぼり）の辻を曲がって、加門は歩く。

行く手に白河藩の上屋敷が見えてきた。

藩主はいまだに松平定邦で、養子の定信に家督は譲っていない。

加門は塀に沿って歩きながら、定邦の姿を思い出していた。安永四年（一七七五）に定邦は中風（卒中）で倒れ、身体に不自由が残る身となった。傾きそうになる身で登城した折の姿を、加門は見ていた。それ以降、元のように回復することはなく、伏せる日もあると話は伝わっていた。

すぐに隠居して家督を譲るのではないか、とささやかれたが、それはいまだになされていない。定信が若いゆえであろう、と言われ、そのまま月日が経っている。

いや、と加門は思う。定信がそれを受け入れずにいたのではないか……。そもそも、養子の話そのものを、強く拒否していたのだ。家督を継いでしまえば、その後は身動きが取りにくくなる。それを避けるために、部屋住みでいることを選んだのではないか……。

加門は田安家の屋敷を思い出していた。徳川一族であることを示す立派な造りだ。松平家のあとを継がずにいれば、田安家に戻れるかもしれない、さらに、将軍の養子にさえなれるかもしれない……。そう考えても不思議はないと、加門は胸中で思う。野心を抱きそうな、大きな眼がよく動く顔が脳裏に甦っていた。

加門は屋敷の角を曲がった。

しかし、と加門は思う。もう、そうした目はない。お世継ぎは決まり、望みは潰えたのだ……。

再び角を曲がり、屋敷の裏側に出た。

足を緩め、ゆっくりと裏門へと近づいて行く。

喜ぶ者がいれば、その裏にはほぞを噛む者がいる……。加門は顎を上げて歩く定信の姿を思い出していた。どうしているか……。

裏門から人影が現れた。

二人連れの藩士が、背中を見せて歩き出す。

加門は足を速め、その二人に近づいて行った。

右側の男が、大きく顔を振った。

「やれやれ、いっそ深川まで行くか」

「うむ、夜まで町で過ごすことにしよう。若殿様の目に付けば、また、叱られるのがおちだ」

「ああ、あれは叱るなどというものではない、憂さを晴らしているだけだ」

若殿様は定信以外にいない。

加門はそっと耳を立てた。

「いつになったら、ご機嫌が戻られるのであろう」

「さあな、もとより不機嫌なお方であったゆえ、このままかもしれぬぞ。養子に入ったこと自体が気に食わぬのだから、変わるとも思えんがな」

「あぁ」溜息が洩れる。

「徳川から松平に下ったことが、それほど気に食わぬのか。高貴のお方のお気持ちは、我らなどにはわからんな」

「まったくだ」苦い笑い声に変わった。

「我らなど、高貴のお方から見れば、犬っころ同然なのであろうな。だから、つまらぬことで八つ当たりされるのだ。乱心の若君に首を切られるというのは、よくある話だからな、気をつけねば」

「おう、やめてくれ」

右の男が首を押さえる。

ははは、と左側が笑う。

「まあ、酒を飲んで、うまい物を食って、こちらも憂さを晴らそう」

二人の足取りが速くなる。

加門は二人を見送って、屋敷の塀を見上げた。やはり、若殿様はご機嫌斜め、か。期待をしていた、ということだろうな……。

来た道を戻りながら、加門は小さく振り返った。

恨みが残ったりせねばいいが……。

加門は眉を寄せたまま、遠目に城を見つめた。

四

八月中旬。

加門は本丸表の片隅で足を止めた。中庭の廊下で、向かいの広い廊下を見る。

表には二つ、中庭がある。大きいほうの中庭には、松の廊下が延びていた。ここは、大名や大身の旗本らがよく使う道筋だ。

あ、いらした、と加門は現れた人影に目を向けた。

玄関のほうからやって来たのは松平輝高だった。ゆっくりと廊下を進んで行く。その顔は下向きで足取りには力がない。

上旬に、高崎で一揆が起きていた。

運上を請願した商人や豪農の屋敷がつぎつぎに打ち壊しに遭い、大きな騒動に発展していた。

加門の報告を受けても動かなかった輝高だったが、その知らせを聞いてようすが変わった。心配になった加門は、しばしばようすを窺いに来ていたが、日ごとに、覇気が失われていくのが目に見えた。

輝高が廊下で立ち止まる。前からやって来た大名と、挨拶を交わすためだ。強ばった顔ながら、なにやら話す姿を、加門は見つめた。顔の動きが硬い……。

そこに、足音が立った。玄関のほうから早足にやって来る者がいた。

「殿」

輝高の背後で、家臣が膝をつく。

驚く輝高を、家臣が息を切らせて見上げる。

話しをしていた大名は気を利かせて、「では」と去って行った。

加門は廊下を進み、松の廊下に近づいた。

「大変です」

家臣が立ち上がる。加門は廊下の片隅で耳をそばだてた。

「お城に一揆勢がなだれ込んだそうです」

家臣の言葉に、輝高が口と目を開く。

「なんと、真か……」

「はっ、今、お屋敷に知らせが……」

輝高の口が震えるのが見てとれた。

その足がゆっくりと向きを変えていく。

「屋敷に戻る」

「はっ、使者は待たせております」

家臣に付き添われ、輝高が廊下を戻って行く。その足取りは、左右に揺れていた。

高崎城に一揆勢が……。加門は集まった一揆勢の気炎を思い出していた。やはり、やったか、と眉が寄ってくる。早く手を打てば、止められたであろうに……。

走るように帰ってきた中山道も、甦る。

急ぎ、輝高に知らせたものの、その後、運上の取り消しなどはなく、そのまま日が過ぎていた。

加門は外の廊下へとまわり込む、城表の玄関の見える場所に立った。

輝高が出て来た。

揺れた足取りのまま中雀御門を出て行くのを、加門は見送った。

城に攻め込まれることは、城主にとって恥となる。ましてや、相手が領民となれば、失政と言われてもしかたがない。

大丈夫だろうか、と加門は胸中でつぶやいた。

輝高の心細そうな面持ちや頼りなげな声音が、加門の内で思い起こされていた。

翌日。一揆の仔細が老中らに報告され、評定が開かれた。

加門は松の廊下や玄関に足を運び、輝高のようすを見た。覚束(おぼつか)ない足取りは、さらに危うくなっていった。

八月十六日。運上の取り消しが決まった。


しかしその頃、高崎では、さらに騒動が高まっていた。

城に押し寄せる一揆勢は、遠方から集まって来る人々でますます勢いが増していた。

抑えようとする役人は、数で圧倒されていた。

「引くでねえ」

一揆勢の気勢はますます高まっていく。

十七日。運上取り消しの知らせは江戸を発ち、中山道を北上していた。

それを知らぬ高崎城では、鉄砲が用意され、藩士らがそれを構えた。

「打てっ」というかけ声で、銃口が火を噴き、一揆勢を散らす。

城下町では人々が逃げ惑い、騒動はさらに大きくなっていた。

その混乱のなか、ようやく江戸からの知らせが届いた。

「運上はとりやめだ」

そこで風向きが変わり、一揆勢は上げていた手を下ろした。

絹一揆は、城への殴り込みと銃撃という前代未聞の騒動の末、収束したのである。

その知らせは、中山道を逆に駆け、江戸へともたらされた。


「聞いたか」

御庭番の詰所で、高橋が加門にささやいた。

「松平輝高様が、上様にお役御免を願い出たそうだ」

「お役御免……老中と勝手掛を辞する、ということか」

「うむ、中奥で噂になっている」

「それで、上様はお許しになったのか」

「いや」高橋は首を振る。

「そのまま続けよ、と仰せになられたそうだ」

そうか、と加門は口を噤んだ。

やはり、輝高様にとっては、荷が重すぎたのだ……。先日、見かけた姿が甦る。うなだれた顔は青白かった。気鬱になられているのだろう……。

加門はそっと息を吐いた。


御庭番御用屋敷。

夕餉の膳に着いた加門は、おや、と目を凝らした。

いつもよりも小鉢の数が多い。普段は茶漬けと漬物、朝の残りの煮物や焼き物が少し盛られるだけなのに、今日はそこに海老の塩焼きが加わっている。

妻に顔を向けると、微笑んだ千秋は、目顔で若夫婦を示した。

妙が肩をすくめ、草太郎が照れて顔を伏せる。と、その目を上げた。

「妙が懐妊したようです」

ほう、と目を瞠る加門に、千秋が頷く。

「明日は鯛を用意しますからね」

「そうか」と加門は妙を見た。

「いや、それはめでたい、身体を大事にするのだぞ」

「はい」

妙は頬を染めて頷いた。

「さ、いただきましょう」

千秋の声に、皆が箸を取った。

和やかに膳が進む。と、妙がちらりと夫を見た。それに気づいた草太郎が、一つ咳を払って、背筋を伸ばした。

「あの、父上、実はお話が」

「む、なんだ、言うてみろ」

「その、妙が産婆になりたいというのです」

「産婆」

加門は、箸を持つ手を宙で止めた。

御庭番御用屋敷には、外の者を入れないのが決まりだ。が、植木屋や大工、医者など、暮らしに欠かせない仕事は、決まった者を入れている。産婆もそのうちだが、御庭番の女房には、産婆の術を身につけた者もいる。急な産気などで、遠くから呼ぶのは難儀なため、いつしか女達が学ぶようになっていた。

妙も背筋を伸ばした。

「草太郎様は医術を学ばれていることですし、わたくしも産婆の術を学べば、お役に立てると思うのです。千江さんの出産の際に、わたくし少しお伝いをして、もっといろいろできるようになりたい、と思ったのです」

　吉川家に嫁いだ千江は、女児を産んでいた。妙もお産の手伝いに行き、その後も元気に育つ子を見に行ったりしている。

「ほう、それは確かに」加門は頷く。

「この御用屋敷の中でも、大いに役立つであろう……と、そうか、妙殿のお婆様は産婆ができたな」

「はい、ですから、教えてもらおうと思うています。今ならば、お婆様もお元気ですから」

「まああ」千秋も初めて聞いたらしく、目を丸くしている。

「そんなことを思うていたとは、驚いたこと……なれどよいと思いますよ、おやりなさい」

　はい、と妙と草太郎は顔を見合わせて微笑み合う。

「いやぁ」草太郎は首を掻いた。

「わたしも聞いて驚いたのですが、妙は日頃から、医術のことを聞きたがるのです。人の身体の仕組みなど、面白がりまして」

「はい」妙が身を乗り出す。

「医術のお話は面白うございます。わたくし、こたびの懐妊でいろいろと学べることと思いますし、それを役に立てることができれば一挙両得かと」

妙は腹に手を当てる。

「なんと」加門は笑いを漏らした。

「己の身を以て学ぶか……いや、剛毅な考えだ」

妙は誇らしげに微笑む。

いやはや、と加門は妻を見た。

「これほどの嫁とは、思わなかった。これならば、宮地家も安泰だな」

「ええ、真に」千秋も笑顔になっている。

「心強いこと。妙さん、草太郎と宮地家を頼みましたよ」

「いや」と草太郎が手を上げる。

「あまりに強くなられても……」

狼狽える息子に、加門は笑う。

「なあに、大丈夫だ。家を支える大黒柱は大事だが、柱を支えるには固い土台がなければならん。草太郎柱は、妙殿に支えてもらえば盤石だ」

はあ、と妻を見る草太郎に、妙は大きく頷いた。

千秋は胸を張る。

「その土台は、わたくしのことでもあるのでしょう」

あ、と加門は慌てて頷く。

「む、むろんだ」

千秋はにっこりと笑んで手を合わせる。

「ああ、明日の鯛は立派な物にしなくては……楽しみですこと」

加門は「うむ」と、もう一度、頷いた。

五

九月二十六日。

御庭番の詰所に、吉川孝次郎が駆け込んで来た。

「大変です」

皆がいっせいに顔を上げる。

孝次郎は息を整えながら、皆を見た。

「い、今、表で聞いたのです、昨日、老中首座様が亡くなられたそうです」

「なんだと」

皆の口がそれぞれに開く。

「松平輝高様が、か」

「や、なにゆえに」

「うむ、だが、最近は伏せっておられたと聞いたぞ」

ううむ、と加門も唸る。

輝高は気鬱を病んだことで、出仕をしなくなっていた。

古坂(こさか)が加門を振り向いた。

「気鬱で命を落とす、などということがあるのですか」

「ふうむ」加門はゆっくりと頷く。

「気鬱そのもの、というよりも、寝込んでしまうことで心の臓が弱まったり、中風を起こしやすくなったりする……それが命取りになることは多い」

「なんと」

皆の口が揃った。

「まさか、このような……」

それぞれの顔が歪んだ。

輝高はお役御免を願い出たものの家治の許しが得られず、その職に就いたままだった。老中首座がいなくなったことになる。

「いやしかし、その気配はあった」

そうつぶやきが漏れる。

「そうだな」

加門も眉間を狭めて、天井を見上げた。


夕刻。

加門は田沼意次の部屋で戻りを待っていた。

いつもなら、足音が聞こえる刻限を過ぎても、それは鳴らなかった。

窓の外が暗くなってから、やっと部屋の主は戻って来た。

「おう、加門、待っていたのか」

うむ、と加門は疲れの滲んだ意次の顔を見つめた。

「大変であったろう」

「うむ」意次は息を吐いた。

「実は、少し前から具合を悪くされている、という知らせが入っていたのだ」

「やはり、そうであったか」

加門は腑に落ちた。

この十八日に、久世広明が、新たな老中の座に就いていた。

老中はおおむね四人がその職に就くことになっている。三年前、老中首座と勝手掛を務めていた松平武元が死去する少し前も、新たに阿部正允が老中に任命されていた。四人から欠けないように、常に配慮がなされているのだ。

さらに、今回は異例の発布もなされていた。

新たな勝手掛が任命されたのだ。これまで、老中首座が勝手掛を兼ねるというのが、長年の慣習であったが、それを破ったものだった。

新たな勝手掛には、水野忠友が老中格に引き上げられ、任命された。

財務の長である勝手掛が不在では、不都合が大きい。水野の任命は輝高が戻るまでの臨時であろう、と城中では言われていた。

加門は眉を寄せる。

「実は高崎の絹一揆の件、くわしくそなたに伝えるべきかどうか、迷ったのだ。首座様にはお伝えしたが、どうにも判断しかねるようであったゆえ」

「ふうむ、それはやむを得まい」意次は腕を組む。

「わたしも気になって首座様に尋ねたのだが、国許で手を打っているゆえ大事には至らぬ、と答えられてな、そう言われれば、こちらとしても差し出がましいことはできぬ。静観するしかなかったのだ」

「そうであったか……首座様は、勝手掛としての面目もおありであったろうから、内々に始末を付けようとなさったのだろうが」

「うむ、わたしもそう考えたのだ。よけいな口出しをして、面目を汚すようことになってはまずいからな」

ううむ、と加門は顔を伏せた。

「もう少し、強く申し上げるべきであったか」

「いや」意次は首を振る。

「それでも同じであったろう。輝高様はなんでも、ご自身で決着をつけようとするところがおありだったゆえ」

「そうか、重責を担うお人ほど、人に助けを求めるようとはせず、抱え込んでしまうからな」

「うむ、身分の高い武家は失態を隠そうするのが常。お家のためにも、それが倣いとなっているのだ。血筋や家格が枷となるのであろう」

ふう、と息を吐く意次を、加門はそっと窺った。

「次の首座様を、また決めねばならんな」

うむ、と意次はその面持ちを弛めた。

「これから、協議をすることになる。だが、すぐに決まるはずだ」

加門は頷く。老中にはいま一人、松平家の血筋がいる。

「それよりも」意次はささやいた。

「ここで道筋を大きく変えようと考えている。それも協議にかけるつもりだ」

別の、と加門は問いたい気持ちを呑み込んだ。なに、すぐにわかるだろう……。

数日後。

新たな老中首座が布告された。

松平康福がその職を継いだ。と、同時に、異例の発布もあった。

老中首座は勝手掛を兼ねるという長年の慣習を取りやめる、という内容だった。勝手掛は別に置き、臨時と思われていた水野忠友がその役をまかされた。

御庭番の詰所で、吉川孝次郎がそっと加門に寄って来た。

「義父上」

「む、なんだ」

「勝手掛を老中首座と別にする、というのは障りがないのですか」

ふむ、と加門は義理の息子に向き合う。

「障りどころか、むしろよいことだろう。ただでさえ、老中首座は重責であるのに、さらに財務を担うのは、負担が大きい。これまで、慣習となっていたゆえ、誰も変えることを考えつかなかっただけだ。田沼様はそこに気がつかれたのだろう」

「はあ、なるほど。変えることができる、と考えた人がいなかったのですね」

「うむ、改革というのは、そういうものだ。誰も気がつかなかったことに気づく、誰もしようとしなかったことをする、とな。それに、今は勝手掛のお役目は大事だ。西で米の不作が続いているために、米価が上がって変動も甚だしいからな。兼務ではなく、専従でなければ対応できぬであろう」

はあ、と孝次郎は頷く。

「なるほど、兼務となれば、どちらかに力が傾きかねませんね」

「そうだ。それゆえに、分けたほうがよいのだ。皆も納得していると思うぞ」

「はい、わたしも納得しました」

孝次郎はぺこりと頭を下げた。素直な娘婿に、加門は微笑んで頷き返した。

中奥の戸口を出ると、十一月の北風が頭上から吹き下ろし、加門は肩をすくめた。

下城の刻なため、人々が城から出て、中雀御門へと向かっていく。

加門もそれに続いたが、城表の玄関の手前で立ち止まった。

老中首座の松平康福が、玄関から出て来たところだった。

皆、道を譲って、低頭している。

それに返礼をしながら、康福は御門へと歩いて行く。

「父上」

加門の耳元に、声がかかった。いつの間にか草太郎が立っていた。

「今度の首座様は力強い足取りですね」

うむ、と加門は頷く。松平輝高は心身の気がいかにも弱そうで、どこか頼りなげなようすがあった。その前の松平武元は、身も心も強く充実した人柄であったが、晩年はさすがに年齢の衰えが隠せなかった。新たに老中首座となった康福は、胸を張り、堂々と歩く姿が頼もしい。

「御政道も安泰となるだろう」

加門はつぶやいて、意次の顔を思い起こした。意次もこれでますます仕事がしやすくになるに違いない……。

意次は武元とも輝高とも上手くつきあってきたが、身分や家格などから、遠慮をしているのが見てとれた。しかし、康福は違った。康福は早くから意次を評価し、その考えを支持することが多かった。物事の捉え方や見方に共通するものが多く、老中の中でも、意を通じ合う相手だった。

それゆえ、康福は己の娘を意知の正室として、田沼家に嫁がせている。

「意知殿も言うてました。お父上とお義父上、お二人は話し出すと、辺りが暗くなっても気がつかれないそうです」

「ほう、そうなのか。であれば、これからの政は勢いがつき、大きく前に進むことであろう」

目を細める父の横顔を、草太郎は見つめ、深く頷いた。

十二月。

田沼意知が奏者番に任命された。

「聞きましたか、父上、すごいことですよね」

草太郎が笑顔で父を見る。

「うむ、上様が召されてお言葉を交わされたのは、そのためであったのだろう。して、よし、と判じられたに相違ない」

奏者番は大名や重臣らの嘆願や言上を、将軍へ取り次ぐ役だ。奏者番は出世の入り口とされており、そこから若年寄、老中へと進む者も少なくない。

末は父のあとを継いで老中か……。そう思うと、背筋が伸びてくる。まるで我がことのように胸を張っている自分に気づいて、加門は笑いを漏らした。

六

翌、天明二年。

四月三日に、西の丸御殿の豊千代は元服した。

名は家斉(いえなり)と変わり、従二位権大納言(じゅにいごんのだいなごん)の官位を賜った。

意次もその功で、十六日には、将軍から時服(じふく)を拝領した。時服は褒美(ほうび)として下される着物で、綿入れなどが多い。

加門は、木立のあいだを歩きながら、西の丸御殿を見やった。

家基が世を去って、すでに三年が過ぎた。

今は寛永寺(かんえいじ)に眠る家基の、生前の姿が瞼に甦る。

元気で鷹狩りをしていたようすを思い出すと、思わず顔が歪んだ。

まさか、あのお歳で命を終えるとは、思ってもみなかったに違いない……将軍となってやりたいことがたくさんあったろうに……。

眉間に皺を寄せた加門は、あ、とつぶやいてその皺を深めた。

御殿を見ながら歩く人の姿があった。

松平定信だ。

加門以上に、その面持ちは歪んでいる。寄せた眉の下で、目は御殿を見つめていた。

いや、と加門は息を呑む。まるで睨んでいるようだ……。

定信の足が踵を返した。本丸下へと向かって、歩いて行く。

加門は肩の怒ったそのうしろ姿を、見送った。

胸の奥で、よく似た顔が思い起こされてきた。

定信の父である宗武の顔だ。

かつて、将軍を継いだ家重の姿を見つめた宗武も、同じような面持ちであったことが、思い起こされる。

加門は、眉間の皺を深めたまま、親子の顔を腹の底に沈めた。腹がざわめくような気がして、加門は顔を振って歩き出した。

七月。

米の不作は広がり、関東、東北も凶作に見舞われた。

御庭番の詰所で、数人が輪になってうつむいていた。見ているのは広げた地図だ。

「手賀沼と印旛沼、だそうです」

草太郎の言葉に、古坂が手を伸ばした。

「ふむ、これではないか、大きいな」

江戸の東、下総国の平野に、入り組んだ形の沼が記されている。

田沼意次と勝手掛水野忠友は、手賀沼と印旛沼の干拓を決定した。米を作れる田を、もっと増やすための方策だった。

「だが」高橋が言う。

「手賀沼は吉宗公の頃にも干拓を行っていたろう」

「うむ」加門が頷く。

「一部は干拓を終えたのだ。だが、水の流れを変えたことで洪水が起き、中断して、そのままになっていたのだ」

「では」草太郎が顔を上げる。

「それをまた、再開するのですね」

「そういうことだ。さらに、近くの印旛沼も干拓すれば、ずいぶんと広い田を開くことができる」

「なるほど」

皆の顔が上がる。

「うまくいくとよいな」

うむ、と声が揃った。


宮地家の庭に、高い声が響く。

妙は無事に赤子を産み、家族が増えていた。

「おうおう」

加門はぷっくりと丸い頬を、指で押してみる。

赤子は女の子だった。

「ほうれ、咲や、そなた、ますますかわゆくなってきたな」

「ええ」千秋も満面の笑みになる。

「草太郎によく似ていること」

いや、と草太郎が首をかしげる。

「わたしはこんな顔では……」

「まあ、こんな顔でしたよ」

「うむ、同じ顔であった」

笑い合う祖父母に、妙は肩をすくめた。

「次は男の子を……」

「あら」と、千秋は顔を上げた。

「そのようなこと、気にすることはないのよ。男子を産まずとも、家に合うよい婿を迎えれば、それでよいのだから」

「うむ」加門も続ける。

「生まれで役目が決められるよりも、むしろ、そのほうがよい。近頃、わたしはつくづくとそう思う。血筋など、どうでもよいことだ」

加門は傍らの草太郎を見た。

「そなたも妙殿を責めるでないぞ」

「や、わたしはそんな」

手を振る夫を見て、妙は頷いた。

「はい、草太郎様はそのようなことはひと言もおっしゃいません」

「む、そうか、なればよい」

加門は手を伸ばして、赤子を抱き上げた。

「なあ、姫や」

たちまちに赤子の顔が歪み、泣き出す。

「おっと、すまんすまん」

慌てる加門に、妻が笑う。

「さ、こちらへ」

千秋が差し出す手に、赤い顔をした赤子は移っていった。

加門は皆を見ながら、胸の奥でつぶやく。

血筋になど、こだわることはない……そんなものに縛られれば、人は心まで縛られる。縛られれば、気の持ちようまで歪むだけだ……。

加門は空へと目を向けた。

第五章　予兆(よちょう)

一

天明三年（一七八三）。

加門は中奥の庭の石垣から、江戸の町を見渡していた。町の上に広がる空は、薄曇りの鈍い色だ。

これは雲というよりも……。加門は北西の方向へと顔を向ける。

七月に入ってから、浅間山(あさまやま)の噴煙が増えているという報告が、江戸にも伝えられていた。

これまでも浅間山は煙を上げていたが、四月から小さな噴火が繰り返されるようになっていた。

津軽の岩木山も三月から噴火がはじまり、つい先月の六月に、大きな噴火が起きていた。津軽富士とも呼ばれる美しい山容から、白い煙が高く噴き上げられた、という知らせがもたらされていた。

伊豆大島の三原山も、六年前に大爆発したのを、加門は思い出す。江戸の町まで揺るがし、襖や障子が倒れるほどの噴火だった。

曇った空を見上げて、加門は眉を寄せた。浅間山の噴煙が、流れてきているのではあるまいな……。

七月の六日に、これまでにない噴火が起きたらしい、と知らせが入っていた。それから二日が経っていた。

収まってくれればいいが……。そう考えながら、加門は石垣を下りた。と、大きな轟音が鳴り響いた。足下も揺れている。

なんだ、と加門は辺りを見まわす。地震か……。

近くの大奥から、女達の狼狽えた声が聞こえてくる。

音は空から降ってきている。

地鳴りならば下からくる、これは噴火か……。加門は再び石垣を登った。

北西の空を望むと、うっすらと暗くなっているようすが見てとれた。

浅間山か……。加門は駆け下りて、中奥へと戻った。

将軍の身を案じて、御座所へと人々が集まっていく。

廊下を行き交う人々も、轟音と揺れに不安げな顔を見合わせていた。

「父上」詰所から、草太郎が飛び出して来た。

「なんでしょう」

「うむ、噴火かもしれぬ」

加門は揺れの余韻が残る天井を見上げた。


数日後。

意次から呼び出された加門は、

「浅間山が噴火したそうだ」

という意次の一声に、「やはり」とつぶやいた。

意次は書状を広げて身を乗り出す。

「上州や信州、武州からも報告が上がってきている。山の麓では、いくつもの村が埋もれたらしい」

「埋もれた」

「うむ、多くの村が山からの土砂に呑み込まれたようだ。まだくわしいことはわからぬが、死者も出ているらしい」

「なんと」

眉を寄せる加門を、意次は見上げた。

「どのような事態になっているか、御庭番をやって調べたい。誰を出すかは、そなたにまかせる」

「わたしが行く」間髪を入れずに加門は答えた。

「武州と上州には何度も行っているゆえ、道もよくわかっている。草太郎を連れて行って来る」

「む、そうか」意次が身を起こした。

「なれど、あまり山に近寄るでないぞ。危ない真似はするなよ」

「承知」

加門はかしこまってから、にっと目で微笑んだ。

「近くまで行けば、ようすを聞くことができよう。大丈夫だ」

うむ、と意次も目顔を返した。

中山道を北に向かうにつれて、空の色が濃くなっていた。

「これは、噴火の煙ですね」

頭に被った編笠を持ち上げて、草太郎が顔をしかめる。

「うむ、江戸を出る際に聞いたのだが、煙は京の空まで届いたそうだ。噴火の音も京のみならず四国でも聞こえたらしい」

「それほど……」

「このように空が暗くなったままだと、田畑の物は枯れかねない。飢饉が心配だ」

「そうですね、お米を持って来たのはそのためでしたか」

町人の旅姿になっている草太郎は、背に負った荷物を目で振り返った。

「うむ、困窮する地に赴くときには、己の食す分は持参するのが仁義というものだ」

「はい……あ、高崎宿が見えてきました」

まだ記憶に新しい高崎城を、草太郎が指でさした。

城下町に入ると、そこここに荷車が置かれているのが目に付いた。

それに寄りかかって、呆然としている男もいる。

「逃げてきた人でしょうか」

息子の言葉に頷きながら、加門は男に近づいて行った。

「もし、どちらから来なすった」

しゃがんだ加門に、男は目を向ける。

「軽井沢だいね」

「軽井沢ですか……あたしはこれから向かおうと思ってるんです。知った人がいるので、心配で」

「ああ」男は顔を振る。

「よしたほうがいい、山に近づいちゃなんねえだ。それに行ったところで、いねえよ、誰も。みんな逃げて、村は空っぽだ」

「そうなんですか」

草太郎も横にしゃがむと、男は小さく頷いた。

「そっだ。村によっちゃぁ、噴火の泥で埋まっちまったし、行くだけ無駄だ」

「村ごと埋まったんですか」

「そっだよ。麓の村は百、いや、もっと埋まったって聞いただよ」

加門と草太郎は顔を見合わせた。

男はうつろな目を動かす。

「あんたら、なんか、食う物、持ってないかね」

あ、と草太郎は荷物から、宿屋で作ってもらった握り飯を取り出した。近くにも逃れてきたとおぼしき人々の姿がある。

広げようとする息子の肘を加門が突いて、辺りを目で示した。

草太郎は頷くと、目立たないように広げて、一つだけを差し出した。

おう、と男は握り飯を両手に包んだ。

「ありがてえ、すまねえだ」

いや、と二人はその場を離れると、また歩き出した。

寺の山門の下に、数人の人が固まっている。

小坊主が人々に握り飯を配っている。

そのようすに、二人の子供が覚束(おぼつか)ない足取りで駆け寄って行く。

が、小坊主は空になった皿を手に境内に戻って行った。

がっかりして立ち尽くす子らに、「そら」と、加門は握り飯を手渡した。

子らは丸い目で見ると、小さな手ですぐに握り飯をつかんだ。

「ゆっくり食うんだぞ」

子らは大口を開けてむしゃぶりつく。

「どこから来たんだい」

「あっち」

西のほうを指す。そこに、女が小走りでやって来た。

「あ、おっかあ」

「握り飯もらった」

二人の子が見上げる。

加門は残っていた握り飯を、母親に渡す。

「在所はどこですか」

「御代田（みよた）です」母親は握り飯を掲げると、深く頭を下げた。

「ありがとうさんで」

「いや、御代田といえば、浅間山の裾ですね。逃げて来たんですか」

「へえ、火の泥が流れ出したって聞いて、着の身着のまま……」

「火の泥、ですか」

「あと、大きな岩も飛んでくるし、山がそのまま崩れてくるしで、もう、なにがなんだか……里の村は埋もれちまったみたいで、おっかさんもどうなったか……」

母の目から涙が流れ落ちる。

そこに男が走って来た。

「おっとう」子らが寄って行く。

「これ、もらった」

握り飯を見せると、父は「こらどうも」と、頭を下げる。

加門は父と向き合うと、眉を寄せた。

「今、話を聞いたとこで、大変なことでしたね」

「ああ」男は額の汗を拭った。

「とんでもねえこった。おまけに、川が洪水になったってぇ話だ」

「川が」

「そんだ、噴火の泥やら岩やらで吾妻川が堰き止められちまって、利根川まで水が溢れて、えらいことになってるそうだで……そら、おまえたち」

父は子らの肩をつかむ。

「本庄まで逃げっぞ、おじさんとこに行くべ」

一家は固まって歩き出す。

草太郎は拳を握った。

「こんな大事になっていたとは……」

「うむ、川までとは、まずいな……利根川が溢れれば、下流の川も溢れる。江戸や隣の葛飾(かつしか)も危ない」

加門は江戸の方角を見やった。

「戻りますか」

草太郎の問いに加門は首を振る。

「我らの足より水のほうが早い。あと三日、調べをすませてから戻ろう」

加門は暗い空を見上げてから、その目を、道で手足を投げ出す人々に向けた。土埃(つちぼこり)で顔をくすませた人々が、呆然と身を寄せ合っていた。

二人が江戸に戻ると、葛飾の太日川(おおいがわ)（江戸川(えどがわ)）には、利根川の洪水が流れ込んでいた。山の木々や壊れた家だけでなく、呑み込まれた人々も岸に打ち上げられていた。

浅間山の噴火によって埋もれた村は百数十、犠牲になった人は千四百を超えた。

噴煙が広く空を覆(おお)い、青空の見えない日々が続いた。

二

「ふうむ」意次は加門の報告を聞いて、腕を組んだ。

「それぞれの藩から被害のほどが上がりつつあるが、それほどであったとは……」

加門は見聞きしたことを書き記した書状を差し出す。

「村から逃げて来た人々は、着の身着のままが多かった。お救い小屋を急ぎ造ったほうがよいかと」

「うむ、それは江戸の町人からも上がってきている。親類を頼って江戸まで逃げて来た者が、当地のありさまを伝えているらしい」

「そうか、わたしも帰りの道々、逃げて来た人らと一緒になった。利根川の大水で村を追われた人々もいたしな」

「ふむ」と意次は眉を寄せた。

「川の氾濫(はんらん)は江戸の海にまで流れ着いたということだ。河口近くの太日川の岸に打ち上げられた遺骸を、当地の者らが葬ったと聞こえてきた。そこでは、供養の碑を建てようとしているらしい(葛飾区柴又(かつしかくしばまた)に現存)」

「そうか……いや、しかし」加門は片眉を寄せた。

「お救い小屋となると、そこでまた賄が飛び交うのではないか。商人にとっては稼ぎのよい機ともなりうるし、役人も乗りかねない」

いや、と意次は腕を解いた。

「その件、方策が立ったのだ」

「方策」

「うむ、勘定奉行の松本秀持によくよく調べさせたところ……」

意次は顔を歪ませて、苦笑を見せた。

「それまで、ほかの勘定奉行は吟味をせずに嘆願を通していたことがわかったのだ」

「吟味をせず、とは」

「いやぁ」と意次は天井を仰ぐ。

「下の組頭などが吟味をしたもの、と考え、自らは吟味をしなかったというのだ」

「なんと、杜撰な仕事ではないか」

「ううむ」と、意次は上げていた顔を伏せる。

「それは、人のことを言えぬのだ。我らも勘定奉行が取り上げたのであれば、よく吟味をした上でのことであろう、と思うていたのでな」

ああ、と加門は息を抜く。

「なるほど、皆がそれぞれに相手にまかせていた、という流れか」

「そうだ」意次は苦く笑う。

「それゆえ、まともな吟味もなく、上まで通ってしまっていたのだ。そこでますます役人も商人も勢いがつき、賄が広まってしまったのだろう。こちらにも落ち度があった、ということだ」

「ふうむ」加門は浮かびそうになる苦笑を呑み込んだ。

「仕組みが大きいゆえに起こることだな」

「うむ、だから勘定奉行には新たに命じたのだ。自らもよく吟味をすべし、とな」

「そうであったか」

領く加門に、意次は面持ちを強ばらせた。

「それはすんだが、次の問題は難しい。こたびの噴火で、米の不作に拍車がかかるであろう。浅間山周辺の国からは、すでに支援を求められているのだ」

「それは、まず国許の米蔵を開けるべきであろう」

「それがな」意次の眉が寄る。

「わたしもそれを藩主らに言うたのだ。したら、米蔵は空だ、というではないか」

「空、とは、またなにゆえに」

「ううむ、わたしもこたびのことで初めて聞いたのだ。近年、西で米の不作が続いたであろう。で、米の値が上がった。そのため、蔵にしまっておいた米を西に売ってしまったというのだ」

「なんと」

驚く加門に、意次は上目で頷く。

「うむ。それを聞いて、わたしは東北の大名方にも確かめてみた。ところ、やはり、ほとんどの藩で、同じように売った、ということであった」

ううむ、と今度は加門が腕を組んだ。

「それは、困ったことだな」

「うむ、それゆえ、これから方策を考えねばならん。米の買い占めは禁止せねばならぬし、流れを押さえねばならん。抱え込みをせぬように、米問屋にもお触れを出さねば、値がたちまち上がるのは目に見えている」

「米の値が上がれば、打ち壊しなどが起きかねないな」

過去、いくども米価の値上がりによって打ち壊しが起き、町は騒乱に見舞われた。火をつけられ、燃え上がった米問屋もあった。

黙り込んだ二人の目が合う。そのときの情景を思い出しているのが、互いの目顔で見てとれた。

「忙しくなるな」

加門は立ち上がった。

うむ、と意次が見上げる。

「ときどきは屋敷に来てくれ。話をしよう」

黙って頷くと、加門は礼をして老中の部屋を出た。

城の廊下を行き交う人々の足取りは、常よりせわしなく見えた。

加門は中庭に面した廊下で立ち止まった。

この小さいほうの中庭は、白書院と黒書院に挟まれている。奥に近い黒書院の横には溜間があり、白書院の中には帝鑑間がある。奥に近づくほど格式も高くなるというあり方だ。

加門が足を止めたのは、庭の向こう側の廊下を行く人影に気づいたせいだった。

田沼意知が、奥へと向かって進んで行く。

向かう先は将軍御座所か、と加門は得心して、その目を白書院に向けた。おそらく、帝鑑間詰めの大名に、陳情(ちんじょう)を託されたに違いない……。

浅間山の噴火で生じた被害や田畑の凶作に困窮(こんきゅう)し、御用金の拝借を願い出る大名が増えていた。

意知の姿は中奥へと消えていく。

忙しいのだろうな……。加門は喉元でつぶやきながら歩き出した。表に用事があるわけではなく、難事に対する城表のようすを見に来ただけだった。

しばらく進んで、その足を再び止めた。

帝鑑間から、松平定信が出て来たためだ。養父は中風の名残で具合が悪いため、代わりにしばしば登城する姿が見受けられていた。

定信は足音を立てて、玄関のほうへと歩いて行く。

間合いをとって廊下の端を歩きながら、加門はその背中を見つめた。

肩が上がり、左右に揺れている。胸を張って、廊下のほぼ真ん中を進んで行く。

まだ、ご機嫌が悪いままか……。そう思いつつあとに付く加門は、また、足を止めた。廊下の向こうから、人がやって来る。

松平定国だ。

定信と母を同じくする兄であり、先に田安家から松山藩に養子に行っていた。四年前に、すでに藩主を継いでいる。

この兄弟は、幼い頃から仲の悪さが知られていた。

どうする……。加門は目を据えた。

城中の廊下では、身分の低いほうが、高い相手に道を譲るのがしきたりだ。

定国は定信よりも身分が高い。定信の官位が従五位下なのに対し、定国は上の従四位下だ。控えの間も溜間だ。

歩みを進める定国も、弟に気づいている。

加門はそっと唾を呑む。

定信が足を止めた。と、一歩、横にずれた。

その拳が握られた。くやしさで、小さく震えているように見えた。

定国が前に来る。

定信はほんの少しだけ、頭を下げる。

定国は目礼だけを返して、そのまま歩き続ける。

定信の拳がはっきりと震えた。

加門は前に来た定国に低頭して、見送った。

足音が鳴り、加門は顔を上げた。

前よりもさらに大きく足を踏みならし、定信が歩いて行く。

握られたままの拳から、その面持ちが察せられる。

廊下の角を曲がる定信の横顔を、加門は遠目で見る。その顔は、察したとおりに歪んでいた。

三

九月。

江戸の町を歩きながら、加門は左右の店先に目を配った。

お、と一軒の店に寄って行く。八百屋だ。

店先の平台に並べられた野菜を見て、加門は唸った。

いつもなら山積みにされている野菜が平たく並べられ、下の台が見えている。小松菜も三つ葉も、椎茸や茄子、胡瓜、瓜もまばらだ。覗き込む加門に、店の手代が寄って来た。

「なにかお探しで」

「ふうむ、瓜を求めようと思うていたのだが、小さいな」

「へえ」と手代は瓜を手に取る。

「浅間山の噴火でめっきり陽が射さなくなるわ、ひでえとこは灰まで降って、畑の物はどれも育ちが悪くなるわで……いえ、これでもいい瓜なんですよ、うちは懇意の百姓から一番いいのを仕入れてるんで」

「ふうむ、では、値も上がっているのであろうな」

「へえ、なにしろ、物がねえんでしかたのねえこって……けど、うちはどれも三倍くらいっか上げてませんで、ほかは五倍七倍なんてぇ店もありやすから」

「ほう、そのようなことに……」

「そうでさ、人の足下を見るあくどいやつもいますからねえ、あ、うちは旦那がまっとうなお人ですから、そんなお天道様に顔向けできねえような商いはしませんよ」

　そうか、と加門は胸を張る手代を見る。

「なれば、その瓜をもらおう」

「へい、ありがとさんで」

　加門は差し出された瓜の蔓(つる)を持って歩き出す。が、人の目を感じて、すぐに袂(たもと)に入れた。

　しばらく進むと、搗米屋(つきごめや)が目に入り、また寄って行った。店の中では、長い木の杵(きね)が上下している。米の入った臼(うす)に杵が落ち、籾殻(もみがら)や糠(ぬか)を取り除く作業だ。米を持参して、精米だけを頼む客もいるが、町人の多くは、ここで要るだけの米を買って帰る。

　店先で、女の客と主が話しているのが聞こえてきた。

「こう高くなっちゃあ、一升ごとに買うっきゃないねぇ、いつになったら元に戻るんだい」

「いやぁ、あたしに言われても」主は肩をすくめる。

「お金のあるとこが買っていっちまうもんで、ますます値が上がるって、こらぁ米問屋が言ってたんだから、しょうがねえ」

「それで、銭を持たないあたしらが割を食うなんざ、おかしな話だよ」

女は米の入った袋を抱えると、口を尖らせて店を出て行った。

入れ替わりに加門が入って行く。店の中を見まわして、加門は主と向き合った。

「ずんぶんと値が上がっているようだな」

「へえ、まあ」

と、主は上目で加門を見上げる。役人か、とその目顔が訝しがっているのがわかった。

「けど、あっしらが儲けるわけじゃありませんよ、米問屋に値を上げられたら、こっちはどうしようもないんで」

「ふむ、それはそうだ。米問屋のほうとて買うという相手がいるのなら、売るのが商売。それで値が上がって、結句、割を食うのは、搗米屋と客ということであろう」

加門の言葉に、主は目付きを和らげた。

「へえ、さいでさ」

「金のある豪商らが買って行くのであろうな」

「はあ、それもそうですが、商人なんぞ、買う量は知れてまさ。それよりもお大名が大量に買い込むもんで、米問屋の蔵が空になっちまうんで」

「なるほど、大名か」加門は関心のないふうを装って、主から目を逸らした。

「西のほうは長く不作が続いているからな」

鶏が籾殻を突いているのに、目を向けた。搗米屋では、米の虫を食わせるために、必ず鶏を飼っている。

「へえ、けど、今は西も東もありませんや。米所の北も凶作だってんで、最近も白河藩が買い占めたってぇ話ですよ」

ほう、と加門は鶏を見つめる。

「藩で買い上げとなれば、大層な量であろう。それは値が上がるのもしかたがないであろうな」

「へい、そうなんでさ。なんとかしてもらわなきゃ、困るのはあたしらで」

主が口をへの字にする。

白河藩はすでに、会津藩からの米の買い取りを決めた、という話が伝わっていた。

さらに他の藩なども買い入れ交渉を進めている、と噂されていた。

いち早く買い占め、というところか……。加門は眉を寄せる。

鶏が鳴き声を上げて羽ばたいた。

「おっと」飛んで来た籾殻をよけて、加門は下がった。

「いや、邪魔をしたな、また参る」

加門はくるりと背を向けた。

買わないのか、と首をかしげる主を横目で見つつ、加門は店を出た。

十月十六日。

城表の庭に、加門は立っていた。木陰から、じっと大廊下を見つめる。

大廊下に松平定信が現れた。頭上に折烏帽子（おりえぼし）、着物は大紋（だいもん）だ。白書院で将軍に目通りするための正装だった。

白河藩主松平定邦は隠居を決め、養子の定信に家督を譲った。新たに藩主となった定信は、胸を張って、将軍への謁見の場に進んで行く。

「父上」

うしろから草太郎が進み出た。

「おう、そなたも来ていたのか」

「はい、お姿を拝見しようと思いまして」

遠ざかったうしろ姿を、草太郎は見つめる。

「まだお若いのに、堂々としていますね」

「うむ」加門は苦笑をかみ殺した。そういうお人だ、という言葉を呑み込む。

「若いが頼りになる、と定邦様は思われたのだろう。白河藩が米の凶作でいち早く米を買い占めたのは、定信様の進言であったらしい」

「そうなのですか」草太郎は腕を組んだ。

「御公儀は米の買い占めを戒めている、と意知殿は言うていましたが」

「ふむ、戒め程度であれば、聞かぬ者は聞かぬであろう。御法度にでもせぬ限り、そうした動きを止めることはできまい」

「そうですね、しかし、どこかが先んじれば、負けじと動き出す人が増えるでしょうに……」

「うむ、だが、先んじようとする者は、周りのことなど考えないものだ。己の手柄だけに気が向き、そこで生じる弊害には目を向けない。そうした領主は存外、多い。世の中も、結局、その手柄のほうに目を奪われるものだ」

ううむ、と、草太郎は唸る。

「なれば、手柄とはあやふやなものですね。表と裏で見方が変わってしまう」

「そうさな」

加門は足を踏み出した。

「手柄の下には、おうおうにして踏まれた者がいる。なにかを踏みつけて、人は上に立つのだ」

歩き出した父に、草太郎も追いつく。

「なるほど……考えてみれば、それが武士のあり方なのかもしれませんね」

うむ、と加門は本丸御殿の屋根を見上げる。

武士の業か、と加門はつぶやいた。

下城の刻を知らせる太鼓の音を聞きながら、加門は中奥を出た。

再び大廊下の見える場所へと向かう。

朝と同じ木陰で見ていると、松平定信が現れた。一橋家の治済と一緒だ。

二人は言葉を交わしつつ、玄関へと向かって行く。

加門はゆっくりとそちらに移った。

玄関を出て、坂を下りていく二人のあとを、加門はそっと歩いた。

おそらく、と思う。一橋家で祝いをするのだろう……。

が、加門は「おや」と顔を巡らせた。

坂を下りた二人は、大手門とは反対の右側に進んで行く。

加門もそのあとに続いた。

道の先には西の丸御殿がある。

そうか、と加門は腑に落ちた。家斉様に会わせるつもりなのだろう……新しく藩主となったのは父の従兄弟、家斉様にとっても血縁だ。それを知らせておきたい、ということか……。

加門は足を速め、そっと間合いを詰めていく。

治済と定信の横顔が見え、声が聞こえてきた。定信の横顔が頷く。

「いや、朱子学は武家にとって必須の学問、よいことではないですか。わたしも父上からしっかりと身につけよ、と幼い頃から学ばされました」

「ほう、さすが伯父上。我が家はさほど厳しくなかったので、わたしが学んだのは元服の少し前からであったのだ。ゆえに、家斉にはまだ早いかと思うたのだが」

治済の言葉に、定信は首を振る。

「いえ、学びに早すぎるということはないでしょう。特に、朱子学は儒学（じゅがく）を学ぶ者にとっては最も大事なもの、とわたしは考えています。武家にとっては、礼節はなによりも重んじるべきものですから」

「ふむふむ、確かに」

「まったく」定信は顔を歪める。

「近頃は武家の礼節が軽んじられておること、腹立たしいばかりです。血筋も家格も低い成り上がりの者などに、本来、力を持たせるべきではないのです。素養のない者は、世の理（ことわり）を乱し、武家の仁義や道徳までをも壊す。これからは朱子学の教えを広く教え、礼節を高めるようにせねばならぬ、とわたしは考えております」

「ほうほう」治済はにこやかに頷く。

「さすが定信殿、しっかりした考えをお持ちだ」

　行く手に西の丸御殿が見えてきた。

　治済は笑みを湛えて、定信を見る。

「定信殿は頼もしい、ゆくゆくは御政道を担う御役に就くことであろう。そのときには、家斉を頼みますぞ」

「はい」定信は胸を張る。

「わたしには御政道に関して、いろいろの考えがあります。喜んで務めましょう。豊千代、いえ、家斉様が将軍となられるのが楽しみです」

「ふむ、立派な将軍となるよう、いろいろと教えねばならん。それもまた、手伝ってもらえれば、ありがたい」

「はい、なんなりと」

定信の顎が上がる。

治済は笑んだままその顔を見る。

「家斉に会うのは久方ぶりであろう。西の丸に移ってから、めきめきと背が伸びてのう、わたしの背を越す日も近いやもしれん」

「ほう、そうですか。なれば、名将軍であられた吉宗公のように、偉丈夫(いじょうふ)になられるかもしれませんね。なにしろ、我らは吉宗公の孫、家斉様はひ孫なのですから」

吉宗は身長が高く、体格がよかった。加門はその姿を思い出しながら、二人を見た。二人は吉宗の死後に生まれているため、祖父とは会ってはいない。が、田安家も一橋家も、吉宗の血筋であることを最大の誇りとしている。

さほど似てはいないが……。加門は二人を見ながら、腹の底でつぶやいた。

「うむ」治済は頷く。

「家斉は身体が頑健なのが一番の取り柄でな、将来、御子に恵まれることは間違いない。そこに、定信殿のような才人が支えとなってくれれば、心強いことよ」

定信の鼻が膨らんだ。

「ええ、政はわたしが担ってみせましょう」

「うむ、頼む。わたしは定信殿が養子に出て、よかったと思うているのだ」

は、と定信の顔が歪んで傾いた。

それを治済は微笑んで見る。

「考えてもみよ、田安家を離れ、松平家に入ったがゆえに、御政道へと道がつながったのだ。御三卿など、身分や禄は高いが、御役には就けぬ。ただ、子をもうけるだけが仕事のようなものだ、つまらぬことよ」

ふむ、と定信は歪んだ面持ちを戻す。

「なるほど」

「そうであろう、他家に入って大名となれば、さまざまな御役に就くことができる。御政道への参画もかなうのだ。御三卿の当主でいるよりも、よほどよい」

ううむ、とつぶやいて定信は正面を見た。

「そうですな、そのように考えたことはありませんでした。しかし、仰せのことはごもっとも、わたしの才を生かす道を得た、ということになるわけですね」

「うむうむ、そのとおり。定信殿は運がよい」

にこやかな治済の横顔を見て、加門はあっと、声を洩らしそうになった。

そうか、治済様は、跡継ぎの座を得た家斉様を恨まぬように、うまく定信様を懐柔しているのだな……。

加門は足を緩める。

西の丸御殿が間近になってきた。

加門は足を止めると、二人の背中を見送った。

四

十月下旬。

加門は田沼家の屋敷を訪れた。

昼間、城の中奥で意次とすれ違っていた。その折、目が合った意次は、小さく口元を動かした。屋敷へ来い、と言っているように見て取れ、加門は目顔で頷いた。

奥の部屋で待っていると、暗くなりはじめた頃に、やっと意次はやって来た。

「すまん、待たせた」

「いや、忙しいのはわかっている、かまわん」

微笑む加門と向かい合って意次が座る。

「なにか、話か」

身を乗り出す加門に、意次は苦笑を見せた。

「うむ、すまん、愚痴を言いたくなったのだ。このような話、うかつに人は言えぬのでな」

「ほう、珍しいな、なんでも聞くぞ」

真顔になった加門に、意次は小さく眉を寄せた。

「実はな、先日、松平定信殿が来たのだ」

「なんだ、また溜間詰めにしろ、と言いにか。家督を継いだことで強気になったのではないか」

「いや、そのことならば、愚痴など言いはしない。定信殿はな、老中にしろ、と言うてきたのだ」

「は……」

加門は大きく口を開けた。

うむ、と意次は頷く。

「わたしも思わず同じ顔になった」

「なった、と……当たり前ではないか。いきなり老中とは、ありえぬ話ではないか」

「ふむ、そうであろう。これまで、なんの御役についたこともないお人だ。思わず歳を尋ねたら、二十六だと言うし、それでいきなり老中とは、なんとも答えように窮したわ」

「それは、そうであろう」

「うむ、まさか、そのようなことを言い出すとは、正直、驚いた」

「うむ、わたしも今、驚いている」

加門は腕を組んで天井を見上げた。

「いや……そういえば」先日聞いた、治済とのやりとりが耳に甦った。

「こんなことがあったのだ……」

二人が話し合っていた内容を告げる。

「ほう、そのようなことを言うておられたか。だが、一橋様が言われたのは、ゆくゆくは、ということであろう。そのような話、武家のあいだでは重みもなく交わされるものだ、相手を気分よくさせるためにな」

「うむ、まさしく。相手をおだてるのは、武士にとって言葉の術のようなものだからな。だが、それを真(ま)に受けるようでは、足下を掬(すく)われるのが落ち。いや……定信様の場合は、一橋様におだてられずとも、言い出しそうなお人柄ではあるが」

「そうさな」意次は苦笑する。

「それを言うたときの面持ちは迷いもためらいもなかった。真に己の才を信じ、老中をこなせると思うている顔であった」

ふうむ、と加門は顎を撫でた。

「あのお方なれば、不思議はない。しかし、それをそなたに頼みに来るとは……」

うむ、と意次は口を曲げた。

「わたしに城中のことを決める権限はないと、前にも言うたのだが……」

加門は声を落とした。

「また、黄金入りの菓子折を持ってこられたのか」

「うむ、また、あとで家臣に返しに行かせたがな」

ふうむ、と加門は顔を伏せる。

仁義、礼節と言うているわりには、やることは割り切っているな……。定信の姿を浮かべながら、加門は聞いた言葉なども思い出していた。と、はっとして顔を上げた。もしかしたら……治済に言われてのこともかもしれない……。治済は側室選びを意次に委ね、うまく運んだ。さらに、その側室が産んだ子が、お世継ぎに選ばれた。それもこれも田沼意次の力、と吹き込んだのではないか……。

「む、どうした」

覗き込む意次に、加門は「いや」と首を振った。

一橋家の栄華は、実際、意次によってもたらされたといってても嘘ではない。それを聞いた者が、我も、と考えても不思議はない……。

加門は上を向いて、言葉に出そうになった考えを呑み込んだ。あえて言うことではない。だが……それゆえに定信は意次を頼った……いや、利用しようとした、ということだろう……。

加門は、意次の顔を見た。

「して、どう応じたのだ」

「うむ、老中になるには、順というものがある。普通は奏者番となり、若年寄に上がり、その果てに老中になるものだと、わかりきったことをあえて言った。さらに、なんの御役についたこともない年若いお人が、いきなり老中になるのは難しい、と説諭(せつゆ)した。思わず、語気を荒らげてしまったがな」

「ふうむ、道理だな、して、定信様は納得されたのか」

「いや」意次は眉間に皺を刻む。

「黙って立ち上がると、足音を立てて出て行かれた。それゆえ、こちらの腹もすっきりとせず、愚痴をこぼしたくなったのだ」

そうか、と加門は息を吐く。

「思っていたよりも、ずっと面倒なお人だな」

ふむ、と意次は眉間をほぐす。

「なれど、話せて胸のつかえが下りた。すまんな、愚痴を聞かせて」

意次は手を打った。

「誰かあるか、膳を運んでくれ」

「はい」

廊下から声が返り、足音が立つ。

「まあ、一杯やろう」

ほころんだ意次の顔に、

「うむ」

と、加門もやっと肩から力が抜けていった。

御庭番の詰所で、加門は息子を背後から覗いた。

草太郎は壁際の文机に向かって、ずっと筆を動かしていた。

首を伸ばした加門は「ほう」と声を落とした。

「外国の絵図ではないか」

広い海や大陸が描かれた絵図が、壁に立てかけられている。草太郎は机に白い紙を置いて、その絵図を写し取っていた。

「あ、父上」

筆を止めて見上げる息子越しに、加門は絵図を覗き込む。

「ふむ、多くの国が描かれているな」

「はい、ここが天竺、インドというそうです。思っていたよりも広いので驚きました。海もこんなに広いんですね」

「ふうむ、こちらが南蛮の国々だな」

「ええ、エウロパというそうです。阿蘭陀はここで、葡萄牙がこちら、で英吉利がこの島で……」

草太郎は筆先で示す。

「父上は、これまでにも見たことがありましたか」

「うむ、何度か見た。が、これほど細かく描かれているものは初めてだ。この絵図はどうしたのだ」

「意知殿に借りました。奏者番の部屋を訪ねたら置いてあったので、見入っていたら、持っていって写せばよい、と」

「ほう、そうか、ありがたいことだ」

加門は絵図を手に取った。草太郎は小声で言う。

「その絵図は、阿蘭陀のカピタンでイサーク・チチングというお人からもらったそうです」

「カピタン……阿蘭陀商館の商館長だな」

「はい、前にお城に来た際に、意知殿は話をしたそうです」

長崎の出島に滞在する外国人は、一年に一度、江戸参府をすることが決められている。江戸にいるあいだは大名としての扱いとなり、通詞を伴って登城し、将軍に拝謁することもある。

そうか、と加門は思った。意知殿は物怖じしない質ゆえ、城中で阿蘭陀人を見て、話しかけたのだろう。外国に対しての関心も強いゆえ、いろいろと尋ねたに違いない……。

草太郎は目をくるくると動かす。

「そのカピタンは、あちこちの国を巡ってきたそうです。エウロパのみならず、さまざまな国のことを教えてくれたと言っていました。で、カピタンも話が弾んでうれしかったようで、逗留する宿でも話をしたそうです」

阿蘭陀人が江戸に来た際、泊まる宿は決まっている。かつて、平賀源内や杉田玄白をはじめ、多くの蘭学者がそこに通い、阿蘭陀語や科学、医術のことなどを聞いたことが知られている。

「意知殿は遠くを見通す目と心を持っているからな」

「ええ、わたしも話をしていて、それを痛感します。カピタンもそうだったに違いありません。で、今年、またやって来たときにこの絵図をくれたそうです」

なるほど、と加門は絵図を掲げた。

父の意次も多くの渡来物を持っている。外国人から贈られた文物や、長崎から取り寄せた本など、阿蘭陀のみならず多くの物が並べられていたのを思い出した。

草太郎は詰所にいる仲間を横目で見ると、声をひそめて父に顔を寄せた。

「意知殿は日本も国を開くべきだと、言うていました。これほど遠くから、あちこちの船がやって来ているのだから、いずれは国を開かざるを得なくなる、と」

　ふうむ、と加門は目で頷く。それは意次も言っていたことだ。

　草太郎は、さらに顔を寄せる。

「相手から開国を迫られてしかたなく応じれば、対応が後手にまわって、どうしても不利が生じる。その前に、こちらから開いて、対等に交渉するべきだ、と」

「なるほど、後手にまわる、というのはいかにも起こりそうなことだ」

「はい、それに、相手を知って、なにを求めているのか、なにを売ることができるのか、より知らねばならない、とも」

「ふむ、意次も干し鮑（ほしあわび）などを売る仕組みを作り、出て行くばかりであった銀を取り戻しているからな」

「ええ、意知殿はお父上のそのお仕事を、さらに大きくしたいと考えているのです。そのためにも、相手を知るべきだ、と」

「うむ、道理だな」

　さすが、意知殿だ、と胸中でつぶやく。幼い頃から、視野の広い父にさまざまな教えを受けたことで、父以上に遠望のできる眼をもったのだろう……。

「それに」草太郎は身を乗り出す。

「阿蘭陀語がわかれば、もっといろいろなことを知ることができる、これから阿蘭陀語を学ぶつもりだとも、言うていました。わたしもやろうかと……」

ふうむ、と加門は息子を見た。

「学ぶのはよいが、大変だぞ。あの源内殿でさえ、阿蘭陀語には苦労をしていたほどだからな」

「そうなのですか」草太郎の肩が下がる。

「希なる才人の源内殿でさえ手を焼いたのであれば、わたしには無理ですね」

「ああ、いや」加門はその肩を叩いた。

「やってみるがよい。阿蘭陀語の書物が読めるようになれば、外を見る目や将来の見方も変わってこよう」

「あ、いえ、そのような大望ではなく……医学書が読めればと」

「医学書」加門は顎を撫でる。

「ふうむ、なれば『解体新書』があるではないか。医学所で読んだのだろう。貸し出してはくれまいが、通って読めばいい。阿蘭陀語などに手を出すと、医学の学びも中途半端になるぞ」

はあ、と草太郎は写しかけの絵図を見た。

「そうですね、この絵図の面白さで、気が昂ぶってしまったのでしょう。頭を冷やします」

そうか、と加門は絵図を文机の前に戻した。

「ま、だが、やりたいことはやれ。死ぬときに悔いの残らないように生きるのが大事だ。この世はいつなにが起きるか、わからないからな」

頭の中に、源内や家基の姿が浮かんだ。

加門は立ち上がると窓を開けて、空を見上げた。

薄曇りの空を、雁が横切って行く。

「渡り鳥が増えたな」

鴎も空を舞い、高い声で鳴いた。

五

十一月一日。

城表の大廊下の見える庭で、加門と草太郎、そして御庭番の数人が立っていた。

おお、と声が漏れる。

廊下に現れたのは、正装した田沼意知だ。

若年寄に任命されての登城だった。

奥へと進んでいく意知を見ながら、孝次郎がつぶやく。

「草太郎殿と同じ歳とは思えんな」

なにを、と草太郎は口を尖らせつつも失笑を洩らす。

「もとより出来が違うのだ、比べるな」

ははは、と高橋が笑った。

「相違ない。そもそも父上の出来が我らと違うのだ。比ぶべくもない」

「うむ」加門は頷いた。

「それよりも、紀州からの仲間である田沼家が、このような出世を遂げたのだ。誇らしいではないか」

「まさに」古坂が胸を張る。

「吉宗公に呼ばれて江戸に来た際には、我らの多くがしがない御家人であったのだからな……それが、御庭番のなかからも、旗本に上がった者が多く出て、続々と出世している」

「ふむ」高橋も頷く。

「同じく御家人であった岩本殿など、今ではお世継ぎ様の祖父だ。そして、それを推した田沼様はすでに老中。その嫡男が若年寄とは……」

ほう、と息を吐いて、鼻を膨らませる。

「しかし」横から馬場(ばば)が口を開く。

「意知殿は家督を継いだわけではないのだから、部屋住みであろう。その身分で若年寄とは、常にはありえぬ話ではないか」

「ふむ」うしろにいた西村(にしむら)が進み出た。

「だが、上様の思し召しと聞いたぞ。田沼様を頼みとしているゆえ、その跡を固めておきたいと、お考えになったのであろう」

「うむ」加門は城の屋根を見上げる。

「田沼様の政を信頼しておられるゆえ、意知殿に託すと決められたのだろう。我らも、なにがあってもおかしくはない歳だからな。だが、意知殿がいれば安心だ」

加門の苦笑いに、孝次郎が前にまわった。

「や、義父上、なにかあっては困ります。長生きしてくださらねば」

おい、と草太郎が腕を引く。

「戯(ざ)れ言(ごと)のようなものだ」

ははは、と加門は笑った。

「うむ、心配は要らぬ。長生きしてみせよう」

言いつつ、腹に力を込めた。意次が城中にいる限り、わたしも隠居するわけにはいかぬ……。

「それよりも」加門は孝次郎と草太郎を見た。

「意知殿が老中になられたら、そなた達がお仕えすることになるのだぞ。しっかりと心構えをしておけよ」

「はい」

孝次郎は背筋を伸ばす。

草太郎は目を細めて、奥に消えていく意知を見ていた。

「さて」高橋が動く。

「詰所に戻ろう」

うむ、と古坂らも歩き出す。

「あ、では、わたしは」孝次郎は中雀御門を見た。

「二の丸を見まわって戻ります」

加門は笑みをかみ殺した。二の丸には池があり、冬には渡り鳥がたくさん来る。絵の好きな孝次郎は、鳥が見たいに違いない。

「なれば、わたしは」草太郎も御門を見た。

「西の丸をまわって戻ります」

それぞれが散って行く。

加門は皆を見送り、その場に留まった。

気になっていることがあった。松平定信様はどう思っているのか……。田沼意知の若年寄任命は、老中の座を約束されたようなもの。老中になりたがっている身としては、喜ばしいはずがない……。

そう思って、じっと大廊下を見る。が、定信の姿は現れないままだった。


御庭番御用屋敷。

下城して着替えをすませると、廊下から。

「父上」

と、草太郎が顔を覗かせた。

「うむ、なんだ、入れ」

胡座（あぐら）をかいた加門の前に、息子が正座をする。

「実は、先日、父上に言われたこと、いろいろと考えたのです」

「ほう、どのようなことだ」

「はい、阿蘭陀語を学ぶのはやめました。あちこち手を広げるほどの才は、わたしにはないと改めて思いましたし」

「ふうむ」加門は腕を組む。

「まあ、十代や二十代ならともかく、三十を過ぎれば、己の分限もわかるからな、そう思うたのであれば、それでよいだろう」

「はい。それで、ですね、己の道をきっちりと踏み固めよう、と考えました。あ、いえ、御庭番のお役目はもちろん、務めます」

「ふむ……」

見つめる加門に、草太郎は首をすくめた。

「で、もっと医学も学びたい、と思うたのです」

「ふむ、その意気はよいだろう、これまでどおり、学べばよい」

頷く父の目から逃れるように、息子は顔を伏せる。と、上目でそっと加門を見た。

「で、ですね……」

「うむ」

じっと見つめる父に、草太郎は思い切ったように、顔を上げた。

「あの、『解体新書』を買うことはできないでしょうか」

言葉と息を吐き出し、草太郎は肩を上下させる。

『解体新書』は巻の一から四まであり、さらに図篇を含めて全五冊になる。書物はそもそもが高価だ。

草太郎は膝行して間合いを詰めた。

「医学所で読ませてもらいましたが、とても全部を頭に入れられるわけもなく、一部は書き写したのですが、身につくほどではなく……」

肩をすくめる息子に、父は苦笑する。

「ふうむ、それはわたしも同じこと。頭に入ったのはほんの一部だ」

「父上もそうですか」草太郎の顔が明るくなる。

「もし、手元にあれば、もっと読み込むことができ、身につくはず。それに、妙にも見せてやれます」

「妙に、か」

「はい、産婆の術を学ぶのであれば、身体のつくりを知るのは大事なこと。あの図編は大変わかりやすいですし」

「ふうむ、それは確かに」

加門は口元を弛めた。と、立ち上がると、奥の引き出しを開けた。

取り出した巾着を、二人のあいだに置く。

「なれば、これで買うがよい」

えっ、と草太郎は父と巾着を交互に見る。

「本当に、よいのですか」

ふっ、と加門は面持ちを弛めた。

「これまで、鈴と千江の嫁入り、それにそなたの婚礼もあり、正直、物入りが続いた」

「あ、すみませんでした」

草太郎が頭を下げる。

「なに、それは親の務め」加門が微笑む。

「だが、それらも無事にすんだ。おまけに、そなたと行った遠国御用の手当ても入ったからな、少しはゆとりもできた」

加門は巾着を手で持ち上げた。金や銀の板がぶつかる音が鳴った。

それを振って、加門はにっと笑った。

「実はな、わたしもほしかったのだ」

「え……」

目を丸くする息子に、加門は巾着を差し出した。

「ちょうどよい、明日は非番だ、買いに行こう」

はい、と草太郎は巾着を受け取る。

それを手で包み込むと、目を細めて握りしめた。


翌日。

町の書肆で『解体新書』を買うと、草太郎は丁寧に風呂敷に包んだ。

胸に抱えると笑みを浮かべて、足を踏み出した。

「早く帰って、妙に見せてやれ」

加門の言葉に、草太郎は振り向く。

「え、父上はお戻りにならないのですか」

「うむ、わたしはちょっと寄る所がある」

そう言って、背を向けた。

その足で、加門は八丁堀へと向かった。

すでに何度も訪れた白河藩の上屋敷だ。

長い塀沿いに、加門は内側に見える木々を見上げる。

隠居した養父の定邦は、中屋敷か下屋敷に移ったはずだった。この上屋敷の主は、今では定信だ。

加門は表門の前を通りながら、閉ざされた門と門番を横目で見る。

嚙みしめたような口の門番が、肩を怒らせて立っている。

そのまま進み、角を曲がって、裏へと向かった。

以前と同じく、裏門へと至る。

閉ざされたままの裏門を通り過ぎた。

しばらく行ってから、またゆっくりと戻る。

それを二回、繰り返すと、裏門が開いた。

家臣が二人出て来た。

強ばった顔つきで、歩き出す。

すれ違いながら、加門はその姿を盗み見た。

一人が尖らせた口を動かす。

「大殿様に付いて中屋敷へ移った者は運がよいな」

連れは顔を歪ませた。
「うむ、この先、倹約やらなにやら、さらに厳しくなるのだろうか」
「そうなりそうだな、殿のご機嫌を見ている限り」
荒い足取りで歩いて行く。
加門は目だけでうしろ姿を追った。
やはり、定信様はご機嫌が悪いようだな……。加門も眉が寄ってくる。
すれ違ってしばらくした所で、加門は振り向いた。
大きな声が聞こえたためだ。人の声ではない、犬の鳴き声だ。
家臣が通りがかりの犬を蹴り上げている。
きゃんと、鳴き声が上がり、犬は尻尾（しっぽ）を巻き込んで走り出した。
犬は、加門の横を通り過ぎて行った。

二見時代小説文庫

お世継ぎの座　御庭番の二代目17

二〇二一年　十　月二十五日　初版発行

著者　氷月　葵

発行所　株式会社　二見書房
〒一〇一-八四〇五
東京都千代田区神田三崎町二-一八-一一
電話　〇三-三五一五-二三一一［営業］
〇三-三五一五-二三一三［編集］
振替　〇〇一七〇-四-二六三九

印刷　株式会社　堀内印刷所
製本　株式会社　村上製本所

落丁・乱丁本はお取り替えいたします。定価は、カバーに表示してあります。

ISBN978−4−576−21154−1
https://www.futami.co.jp/

氷月 葵

御庭番の二代目

シリーズ

将軍直属の「御庭番」宮地家の若き二代目加門。
盟友と合力して江戸に降りかかる闇と闘う！

以下続刊

①将軍の跡継ぎ
②藩主の乱
③上様の笠
④首狙い
⑤老中の深謀
⑥御落胤（ごらくいん）の槍
⑦新しき将軍
⑧十万石の新大名
⑨上に立つ者
⑩上様の大英断
⑪武士の一念
⑫上意返し
⑬謀略の兆し
⑭裏仕掛け
⑮秘された布石
⑯幻の将軍
⑰お世継ぎの座